アデラ

地下の空間の半分は水で満たされていて、
上から降り注ぐ太陽光に水が輝いている。
不思議なことに天井部分は透明で、
真上は公園にある大きな噴水部分らしい。
噴水で泳ぐ魚の影が落ちてくる。
「……綺麗」

ご縁がなかったということで！

～選ばれない私は異世界を旅する～

2

高杉なつる
Takasugi Naturu

イラスト：
喜ノ崎ユオ

目次

第一章　ラフスター村のラクーチラクーザ

フェスタ王国西部地域、アディンゼル大公閣下の治める街レリエルから馬車で二時間。

大きな川沿いにあるラフスター村は、薄茶色の壁に黒っぽい屋根ののった背の低い家が並ぶ。屋根には苔(こけ)むした部分があり、所々緑色だ。薄茶色、黒、緑と落ち着いた色合いが村全体に広がっている。

村の中に流れる川には、数羽の水鳥が水面に浮かぶ。川沿いにある木はみな大きく、葉を赤や黄色に変えていて川面は落ちた葉で彩られていた。

自然豊かでのどかな村。

レリエルのような洗練された街もいいけれど、こんな田舎の村もいい。

キムに連れられて私は村のメインストリートに向かった。

村の中を走る道は基本的には土のままだけれど、メインストリートだけは少し赤みがかった茶色の石畳が敷かれている。そして、メインストリートには道の両側に露店がびっしりと並んでいた。

「……なに、これ？」

「毎月第三週の一週間開催されるこの村の名物市場で、ラクーチラクーザっていうんだヨ」

ラクーチラクーザ？

「五十年近く前に異世界から呼ばれた番(つがい)が考案した市場なんだってサ。その人は村長の家に婿入りして、村の発展に尽力したらしいヨ」

伴侶になった獣人のお嬢さんは、村長の一人娘かな。

「最初に露店を出したい場所と日数を申告して、それに見合う場所代と管理料を払う。管理料はなにもなければ、店を引き上げる際に全額返金されるんだってサ。露店を壊したりとか、借りた場所を汚したりとかすると管理料から天引きされるんだヨ」

ラクイチラクザ？

「他の市場は売り上げの何割かを村とか管理人に払えってところが多いけど、このラクーチラクーザでは露店の売り上げは全部店のものなんだヨ。だから行商人とか他の街で商売してる連中も出店しに来る……しかも毎月開催されるから、定期的に人や品物が集まって村は賑わってるんだネ」

楽市楽座??

「ここはもともと、布や革の染色と加工、仕立てなんかで生計を立ててた小さな村だったんだヨ。でもラクーチラクーザのお陰で〝市場の村〟としても賑わうようになったのサ」

その番の人、確実に日本人だ。

メインストリートにはさまざまな露店が並ぶけれど、大まかに分類されているようだ。キムと私が歩いている場所は、布や革を扱う露店が多く集まっている。

反物のままの生地や、ブラウスやワンピースなどに仕立てられた洋服、布製の小物が並び、その場で採寸をして見本の型から選んだ服を数日で仕立て上げるセミオーダーを受け付けているところまである。

その向こうの店には革製品が並んでいるのが見えた。

鞄や靴、革製の財布などの小物、車を引く馬や鳥や大トカゲなどに装着する装具。革そのままの色のものもあるし、染め上げられたものもある。

「……この市場を考案した異世界からの番さんって、会えそうな方かな？」

五十年くらい前に来た人ってことは、女神による番召喚が始まってすぐくらいに呼ばれた人になる。二十歳で呼ばれたとして五十年ほどコチラで過ごせば、現在七十歳前後の年齢だろう。十分ご存命な年齢だ。

もし会えるのなら会いたい。同じ日本人同士だし、異世界から呼ばれた先輩に聞いてみたいことがある。

「いや、確か十年くらい前に息子に村のことを任せて、伴侶と一緒にどこかで隠居生活してるはずだヨ。今この村にはいないネ」

「そっか、……残念だけど仕方ないね」

そのとき会える会えないも縁次第、巡り合える縁ならばいつか会えるときもあるだろう。今はそういうご縁ではなかったのだ、きっと。

「お嬢さんはサ、すぐに……」

キムは呟（つぶや）くように言って言葉を途中で飲み込んだ。

「なに？」

「いや、なんでもないヨ。行こうか」

なにを言おうとしていたのか気になるけれど、このユキヒョウ獣人は言わないと決めたことは絶対に言わないので、尋ねることもせず後をついて歩いた。

「あ、お嬢さん！　ラクーチラクーザへようこそ、先輩に連れてきてもらったんですね」

革の鞄と靴を主に扱っている露店から声をかけられて立ち止まると、そこにはキムに誘拐されたときに見張り役をしていたマッチョなクロヒョウ獣人のルークさんがいた。

「あ、れ……ルークさん？　どうして？」

私の中でルークさんはキムの後輩で、アディンゼル大公家に仕えている人だ。それなのに、今の彼は革加工屋のお兄さんにしか見えない……少々マッチョがすぎるけれど。

「俺の実家、革加工をやっているんですよ。家業は妹夫婦が継いでくれてるんですけど、ラクーチラクーザのときは忙しいのでできるだけ手伝ってるんです」

そう言ってルークさんは大きな旅行鞄を露店の隅に置いた。大型のトランクタイプで荷物がたくさん入りそうだ、デザインもシンプルで使い勝手が良さそう。

「ねえキム、見ていってもいい？　鞄見たい」

「もちろんサ」

「お嬢さん、鞄が入り用なんですか？」

ルークさんは「女性用や性別に関係なく使えるのはこちらです」と露店の右側に並ぶ商品を見せてくれた。

「こう、背負う形の鞄が欲しいんです。あと、ブーツ」

「背負い型ですね、了解です。ブーツの丈の希望はありますか？　長いやつと短いやつと、その中間くらいのと三種類用意してますけど」

「中間くらいの丈のやつで、足が痛くなりにくいのがいいです。色は焦げ茶か黒で」

ルークさんは全体的に丸っこいフォルムで、柔らかな革を使ったリュックをいくつか見せてくれた。

少しサイズは小さいけれど、荷物をたくさん持つと重たくて移動に差し障りが出そうな気がする。小さめの鞄に入るだけの荷物しか持たない、という自分ルールがあった方がいいかもしれない。防水加工と防じん加工、収納魔法もかけてあって見た目よりずっと荷物がたくさん入るというので、明るい茶色の本体に赤く染め付けした革ベルトのものを購入することにした。

その後ミドルブーツを見せてもらって、焦げ茶色と黒色のコンビカラーの編み上げタイプを購入。中敷きも二セットお願いする。

「お会計は三万八千ガルになります」

「ギルド決済は使えますか？」

身分証にもなっているペンダントは、日本でいう電子マネー決済ができるようになっている。決済用の専用魔導具が必要なので、普及率は五割くらいらしい。けれど支払いが確実、大量の現金を持ち歩かなくてもいいメリットもあって、商品の取引金額が大きなお店では完全普及している。

鞄は品によってはびっくりするほど高価なので、ギルド決済ができるかもしれない。

実のところ、キムに無理やり攫(さら)われてきたので私は現金の手持ちが少ない。商業ギルドで下ろしたくても、私の身分証はキムが預かったままなのだ。

「あー、すみません。実家の店なら使えるんですけど、ここは露店なんで」

「あ、そうか。じゃあ現金で……」

そうだ、そうだよ。ここは市場開催期間中だけ借りている露店だから、ギルド決済の魔導具なんてない。現金取引が基本になる。となると、まずい。せっかくの市場なのに、あまり現金を持ってない。

「これで。釣りはいらないヨ」

財布に残っていた現金を出す前に、キムがお金を払ってしまう。

「おお、先輩、男前！」

「そうだヨ、俺はいつだって男前サ。それより、その鞄とブーツは屋敷に届けてほしいんだヨ」

ルークさんは「明日にでもお届けしますよ」と笑顔で返してくれた。わざわざ届けてくれなくてもと思ったけど、ルークさんの本来の職場は大公館なので全く問題ないそうだ。

職場に出勤するときに持ってくるだけなら、お願いしても問題ない、かな？　まだこの村の市場を堪能するつもりなので、手荷物は少ない方がいい。というか、大きな荷物になりそうなものは後で買うべきだったと後悔しているうちに、私の鞄とブーツは包まれて配送されるだけの状態になっていた。

「そういえば、冬用のブーツはないですか？」

私はムートンブーツが欲しい。中がモコモコで長靴のようなフォルムが可愛いから、欲しい。この世界には柔らかな革もモコモコした毛皮もあるのだから、ないのなら作ってほしいくらい。

「冬用？　というと、どんな感じの？」

どうやらこの世界の履き物に季節感はないらしい。

私がムートンのような毛皮を使ったブーツやスリッポンの話をすると、皮革加工職人さんであるルークさんのお父さんと義理の弟さんが出てきて、露店の奥に引っ張り込まれて詳しい話をさせられた。ついでにヘタクソな絵まで描いて説明させられて、私が描いたブーツの絵を見たキムが「新種の芋虫かナ?」といって噴き出した。失礼な。

結果、私は露店の奥に一時間半ほど監禁され、ムートンのブーツとスリッポン、夏用のサンダルやミュールなど履き物類、ワンショルダータイプの鞄と布と革を合わせた鞄類の説明をさせられた。職人魂が刺激されたのか、ふたりの職人は鞄や靴を買いに来たお客さんそっちのけで(接客はルークさんと奥さん、妹さんでこなしていた)ああでもないこうでもないと議論を交わし始め、キムと私はそれをただ見守っていた。

アイディアのお礼に品が出来上がったら送ってくれるというので、そのときはありがたく頂戴すると伝えた。

そういった商品は日本には普通にあったもので私が自分で考えたわけでもない、アイディア料をお金で支払うとか言われなくてよかった。

露店の奥から解放され、しきりに謝罪するルークさんたちに挨拶をして市場散策を再開する。

「あちこち見て回る前に、少し休憩しようかネ?」

露店とお客さんで賑わう市の立つ通りを外れ、キムは私を連れてカフェレストランに入った。お昼には早い時間だったせいか、店内にお客さんはあまりいない。

「好きなものを注文していいヨ。少し早いけど昼食にしちゃえば夕方まで市場を散策できるしネ」

「うん」

飲み物と軽食中心のメニューから、トマトソースのショートパスタとグリーンサラダ、お勧めのお茶を頼む。キムはミートボールがごろごろ入ったパスタにハムサラダ、サラダにはマヨネーズをたっぷりかけてほしいと注文をつけていた。

「……あ、さっきのお金払うね」

鞄とブーツの代金をキムに払ってもらっている。肩掛け鞄の中から財布を取り出すと、キムは私の財布を鞄の中へと押し戻した。

「いらないヨ」

「なんで？　私の鞄とブーツだよ」

「……こういうとき、女の子は黙って受け取るものでショ」

どうなんだろう？　この世界では贈り物をされたら、なんでも喜んで受け取るのが一般的なんだろうか？

特別な日の贈り物ならともかく、友人知人の間で贈るにしては金額が大きすぎる。

「買ってもらう理由がない。それに、プレゼントするなら自分の恋人にしなよ。いるんでしょ？　恋人さんなのか奥さんなのかは知らないけど」

「…………お詫び(わ)の品、だと思ってそのまま受け取ってヨ」

「お詫び？」

「そ、お嬢さんを強引に連れてきたって自覚はあるヨ。それに、キミの荷物……マダムヘレンがあの屋敷に運び込んでくれてはいたけど、慌てて出発したせいで全部は持ち出せなかったんだよネ。服も靴も本もサ。持ち出せたものの方が少ない。だから、代わりの品を用意するのは当然だよネ」

「鞄もブーツも代わりの品だっていうの？」

「そう。どうせならお嬢さんが欲しいもので気に入った品がいい、でショ？」

確かに病院に行く途中だった私は部屋着にカーディガンを羽織り、ぺたんこ靴という姿だった。

鞄の中はハンカチと財布のみで、首から下げた身分証、手首につけたままだったリアムさんから贈られた白花(しらはな)の腕輪と前髪を留めていた髪留め……それだけしか持っていなかった。

ずっとコニーさんが用意してくれた洋服と靴を身に着けているけれど、基本的に借り物だ。

「……じゃあ、代わりの品ってことで受け取るね？」

「市場で気に入った冬物があったら、遠慮しないでいってネ。お嬢さんが着られる冬物、大公館には少なくてサ。気に入ったものがなければ、レリエルの街で買ってもいいから」

「ありがと」

注文していた料理とサラダ、果物の香りがする紅茶が運ばれてきて、キムと私はしばし食事に集中する。

ショートパスタは少し辛いトマトソースがたっぷり絡めてあり、プリッとした食感のパスタに酸味と辛みが効いている。サラダには擂(す)り下ろしたニンジンらしい野菜を使ったドレッシングがかけられていて、甘くて美味(おい)しい。キムのサラダにはマヨネーズが山のようにかけられていたけれど。

「……そういえばキム、あなたは番さんに会いに行かなくていいの？　私とずっと一緒にいるの、気にするでしょう」

ルークさんは私が大公館に着いた次の日からお休みで、レリエルの下街にある自宅に帰った。奥さんと生後三ヶ月の息子さんと一緒に暮らしていて、息子さんに忘れられてしまいそうだと慌てて帰っていった姿を覚えている。

けれどキムはずっと大公館にいて、基本的に私のそばにいる。いくら私の監視兼護衛という任務とはいっても、番さんに勘違いも不快な思いもさせたくない。

「俺の可愛い人はそんなこと気にしないヨ」

「そんなの表面上装ってるだけかもしれないよ、女はみんな女優なんだから」

表面上は理解ある風を作っておいて、心の中では大嵐が吹き荒れているなんてことはよくある話。表向きの態度をそのまま受け取ってはいけないのだ。

真面目にいったのに、キムは口の端にマヨネーズをつけたまま笑った。

「まあ、女の子がみんな女優だってことには同意するヨ。女優としての格がいろいろあることも分かってる……お嬢さんが女優としては三流以下だってこともネ」

「ちょっと！」

「…………お嬢さん、俺の可愛い人に会ってくれるかナ？」

「え、うん！　会いたい！」

私はキムの言葉に大きく首を縦に振っていた、少しばかり食い気味に。その様子にキムは苦笑いを浮かべていたけれど、私は純粋に嬉しかったのだ。獣人から自分の番を紹介してもらえるなんて、気を許してもらえている人になれたようで……嬉しかったのだ。


昼食を取ったあと、キムと私は市場の散策に戻った。

暖かそうな裏起毛のパンツと厚手のブラウスを数枚、明るいオレンジ色が綺麗なコート、ブルーグレーの毛皮でできたマフラーと手袋のセットを購入する。毛並みが素晴らしく気持ちよくて、手放せなくなってしまったのだ。

私の心を撃ち抜いた毛皮が、カミナリウサギとかいう体長が一メートルほどもあり、その名の通り電撃を放ち、鋭いキックをしてくる凶暴な魔物のものだと知ったのは、帰りの馬車の中だった。

結局、市場で買い物をした全ての支払いはキムがした。予算を大公閣下より貰(もら)っているので、気にしないでいいらしい。

確かに大公閣下にしてみたら、庶民である私の洋服や靴などをまとめて買ったところで痛くも痒(かゆ)くもない金額だろう。私にとっては大金だけど。

「番さんになにも買わなかったけど、いいの？」

市場の散策は楽しくて、結局全部の通りを見て回った。小物やアクセサリー、魔導具、食材に至るまで、さまざまな品の露店があって、その中には恋人に贈るのに丁度良い品もたくさんあった。

私を攫うためにウェルース王国の王都ウェイイルにやってきてから、フェスタ王国の都市レリエルに戻るまで一ヶ月以上の間、キムは番さんと顔を合わせていない。

手紙のやりとり程度はしていたかもしれないけど、レリエルに戻ってきたというのにいまだに顔を合わせていないのだ。会うときには手土産が必要だろうと思う。

なのに、キムはなにも買わなかった。

「会いに行く前に花を買うつもりだヨ」

「お花が好きなの？」

「そうだヨ。会いに行くのは明後日(あさって)、昼ご飯を早めに食べて向かうからそのつもりでいてネ」

「分かった」

ラクーチラクーザを開催していたラフスター村を出て、レリエルに向かって馬車は走る。

秋も深まった今、日が落ちるのは早い。車窓からはオレンジ色から紫を経て夜の色になろうとしている美しい空と、遠くにレリエルの街灯りが見える。景色に見とれながらも、キムの番さんに会えるのが楽しみで仕方がない。

こんな偏屈で性格も口にも難あり男と運命という縁で結ばれている女性。任務とはいっても長期間不在になって、街に帰ってきても家に帰らず顔も出さない……こんな男と一緒にいられる心の広い女性はどんな人なんだろう。

凛(りん)としたしっかり者タイプだろうか、それとも可愛らしい甘えっ子タイプ？　いろいろな想像をするけれど、どれもしっくりこないまま馬車はレリエルの城門をくぐった。

第二章　レリエルの街とキムの番(つがい)

フェスタ王国は女神の大樹の国であり、農業の国。女神の加護を強く受けるため、農作物はたくさん実り、味も一級品ばかり。野菜や果物の輸出が盛んで、女神信仰の中心地であり巡礼者を受け入れる宗教の中心地でもある。

ウェルース王国は産業の国、各国を繋(つな)ぐ街道を使い材料を輸入・加工し、それを輸出している。それに付随して商業も盛んだ。

アラミイヤ国は砂漠の国。広大な砂漠からは多くの宝石や金銀などが産出されて、その輸出と加工技術が発展している。砂漠のあちこちにあるオアシスは保養所としても人気があるらしい。

クレームス帝国は岩と雪の国。深い雪の中でも生きていける牛や馬、羊を中心とした牧畜と、刈り取った毛を使った産業も盛ん。帝国の岩の中には石炭のように燃料になるものがあって、その輸出もしている。

ファンリン皇国は大陸の東端にあり、海上産業が盛んらしい。漁師さんが海で漁業をし、魚や貝や海藻の養殖も行われている。美しい織物や細かな細工もの、装飾品も有名らしい。国土としては世界最大で、フェスタ王国に次いで農業も盛んらしい。

ポニータ国は東の海に浮かぶ島国で、独自の文化を持っている。基本的には国内の産業だけで回っているようで、他国との関係は薄い。輸出量は多くないけれど、最近になって品質の高いお茶や穀物を他国とやり取りするようになった。

他にも小さな国はたくさんあるけれど、特に大きな国はこの六ヶ国といっていいだろう。

『学べる！　世界の国図鑑』という子ども向けの本を眺め、本の内容に今まで人から聞いた話を織り交ぜてまだ見ぬ世界を想像するのはとても楽しい。

ファンリン皇国はベトナムや中国あたりの文化圏、ポニータ国は韓国、日本あたりの文化圏であると思われる。

最初は日本に似た東の島国、ポニータ国に行って静かな街か村で暮らしたいと思ったけど、ファンリン皇国もありかもしれない。

この国での用事が済んだら、とりあえず東に向かおう。

『学べる！　世界の国図鑑』を閉じれば、美しい湖や遺跡のイラストが表紙を飾っている。実際、この景色の場に自分が立つことを想像しながら表紙をスッと手で撫でると、左手首にずっとある白花のブレスレットが揺れた。

「……」

白花をモチーフにした華奢(きゃしゃ)で美しいデザインのブレスレット。このブレスレットを見る度に、私の心は痛む。

このブレスレットを贈ってくれた人が私に優しくしてくれたこと、大事にしてくれたこと、一緒にご飯を食べてくれたこと、お祭りに連れていってくれたこと……難癖をつけてきたご令嬢から庇(かば)ってくれたこと、心配してくれたこと。繋いだ手の温かさ、力強さを覚えてる。

ひび割れてボロボロになった私の心が動き出し、また好きになった人。

黒と灰色の毛並みを持ったオオカミ獣人で、ウェルース王国にある商業ギルド・ウェイイル支店の守衛をしていた。ギルドの独身職員寮に部屋を借りているとも聞いた。

よく考えたら、私は彼のことをそれしか知らない。出身地も、ご家族のことも、ウェイイルに来る前のことも、なにも知らない。

正直にいえば、キムから聞かされたことはショックだった。

私は騙(だま)されていた？　揶揄(からか)われていた？　なにかに利用されてた？　そう思うと心が引き裂かれるように痛い。

好きになった気持ちはそんな簡単に消えたりしない。今でも、好きだ。好きに決まってる。好きだからこそ、心が痛い。

彼を信じたい、信じたいけど信じ切れない。自分が好きになった人を信じ抜くこともできない、そんな自分が嫌になる。

「……ここにいたんだ。探したヨ」

軽い物言いで声をかけられ、私は現実に引き戻される。

「あ、もうそんな時間？」

大公館東館にある小さな読書スペース。四角いテーブルに、クッションを置いた椅子が一脚あるだけの本当に小さなスペース。私はこの場所が気に入っていて、最近はここで多くの時間を過ごしている。

「部屋にいないから、あちこち捜しちゃったヨ」

「ごめん」

「次からはまずここに来ることにするヨ。それで、出かけられるかナ？」

「うん、行けるよ」

私は席を立ち、ルークさんのご実家で買った鞄を背負いキムの後ろを追いかけた。

大きく息を吸い込んで、胸の中にある痛みと自己嫌悪を息と共に吐き出すと、少しずつ気持ちが立ち直ってくる。

キムの番さんに会いに行くためにも、いつまでも俯いてはいられない。

強がりだったとしても、今の私には無理やりにでも顔を上げて前を向くことが必要だ。

大公館の裏側にある使用人用の出入り口から、一般庶民が乗る辻馬車に乗る。迎えに来てくれていたので、キムが予約していたんだろう。

辻馬車は行き先も事前に知らされているようで、キムと私が乗り込むとすぐに動き出した。馬車はコトコトと揺れながら坂を下り、城下街に入る。

レリエルの街は高い城壁に囲まれていて、北側の高台に大公館を置き、南に行くほど低く広がっている。高台から下がれば下がるほど、暮らしている人たちの身分も低くなる感じだ。

城壁の南東端にあるのは大きな噴水がある緑地公園。なんとかという大仰な名称がついているらしいけれど、通称〝噴水公園〟で通っていると聞いた。

公園入り口前で馬車を降りる。キムは夕方に迎えを頼むと公園の中へと入っていく。

平日の昼下がり、公園を訪れている人は少ない。小さな子を連れたお母さん、散歩を楽しむ老夫婦、ベンチでお喋（しゃべ）りに花を咲かせる中年のご婦人方。のどかな景色が広がっていた。

「こっちだヨ」

キムは整備された遊歩道を進み、メインシンボルである大きな噴水の横に差し掛かる。噴水は円形で中心に石像が立っていて、口から水を吐き出している。

「ねえ、キム」

「どうかしたかナ？」

「あの像、なんの像？」

噴水に設置されている像には相応（ふさわ）しくない姿をしているように思う。だって、蛇が鎌首をもたげているように見えるから。しかも私の知っている蛇とは違って、背中には鳥のような翼が四枚生えている……羽の生えた蛇のような石像。

「ああ、あれは大昔に死んだ神様の姿を象（かたど）った像なんだヨ」

「神様？　女神様じゃなくて？」

「女神がこの世界を創ったとき、一緒にやってきた……らしいネ。女神の弟神とも夫神ともいわれてるヨ」

　この世界では神様が実在している。女神様がいるのだから、他の神様がいても不思議はない。でも女神様のことしか聞かないから、他に神様がいるなんて思ってなかった。

「神様って、死なない存在だと思ってたよ」

　キムは噴水の横を通り抜け、大きな木に隠れるように建っている石造りの小屋の前に立った。小屋横に管理人がいて、入場者リストに名前を書くよう求められたので大人しく名前を書く。

「ちなみに……」

　どうやら目的地は小屋の中らしい。

「その神様が死んだ場所が、ここなんだヨ」

「……えっ」

　神様が死んだ場所？　神様の存在がただの伝説とかお伽噺(とぎばなし)じゃない世界での神様が死んだ場所って、私みたいなただの人間が行っても大丈夫な場所？

「女神の弟神だか夫神は、自分が死んでから死者の世界を創ったらしいヨ。生者は女神の世界で、死者は男神の世界の住人なんだってサ」

　石造りの小屋の木製扉を開けると、地下へと下りる階段が見えた。魔導ランタンが薄緑色の明かりを灯(とも)してはいるけれど、中は暗い。

　キムは私のそんな不安など気にもしないで、どんどん階段を下りていってしまう。管理人さんも

「足元に気を付けて」と笑顔でいうばかり。

ただでさえ不安な感じなのに、ひとりきりで下りるのはもっと不安だ。私は慌ててキムの後を追いかけた。

階段を下りていくと、開けた空間に出る。空間はドーム状になっていて、階段は壁に沿うように大きな螺旋を描いて続いていく。

思っていた以上に明るい地下の空間の半分は水で満たされていて、上から降り注ぐ太陽光に水が輝いている。不思議なことに天井部分は透明で、真上は公園にある大きな噴水部分らしい。噴水で泳ぐ魚の影が落ちてくる。

「……綺麗」

神様が死んだ場所というからもっと心霊スポットみたいな、暗くてジメジメして怖い印象があった。でも実際は薄緑色の魔導ランタンの色とか、水越しに降り注ぐ揺れる太陽光も手伝って綺麗で静かな……静謐な場所だった。

「ここは俺の可愛い人に一番近づける場所なのサ」

キムは階段を下りきり、少しだけ鈍い太陽光に輝く水際に立った。上着のポケットに手を入れると、中から白い箱を取り出して蓋を開ける。なんの飾りもない白い箱の中に入っていたのは、半透明な水色をした花だ。綿のようなクッション材の上にふたつ並んでいる。

「これは俺の魔力を結晶化したものサ。一緒に捧げてくれるかナ？」

「うん」

直径五センチほどの花の形をしたものはとても綺麗だ。水晶みたいに硬くて、冷たい。

捧げるっていわれても、作法的なものはさっぱり分からないのでキムの隣に立って、彼がすることを真似る。

　地下空間の半分くらいを満たす水の源となっているらしい場所には、地上の噴水で水を吐いていた羽の生えた蛇のような石像があった。双方の違いは大きさで、地下にある方がものすごく大きい。

「穏やかにとか、安らかにとか、そういう気持ちでコレを水の中に入れてくれるかナ。お嬢さんの気持ちがこの花と一緒になって、アチラに届くからネ」

「……うん」

　掌（てのひら）に花をのせて水の中へとゆっくり沈める。

　水は思ったより温（ぬる）い温度で、掌の上にある花の方が冷たく感じられた。

　静かに穏やかに、と心の中で祈ると花が薄青く光る玉をいくつも発生させて……水の中で徐々に形を崩して溶けるように消えてなくなっていく。それは角砂糖がお茶にゆっくり溶けていく様によく似ていた。

「……」

「……ありがとネ。じゃ、行こうか」

　濡（ぬ）れた手をハンカチで拭（ぬぐ）うと、先ほど下りてきた階段を今度は上る。下りてくるときは怖かったけど、今はここを離れるのが惜しい。静けさと心落ち着く感じは、この場所でないと味わえないだろう。

　階段を上りきって外に出る。私たちが出てきたことを確認した管理人が扉を閉め、ガチャリと大きな音を立てて鍵が閉められた。大きくて頑丈そうな南京錠だ。

「あそこはとても大事で神聖な場所で、誰でも入れるけど、長時間滞在は禁止。出入りをきっちり管理してるんだヨ」

「そうなんだ」

公園内を緩やかに上っていく通路を進むと、左手側には女神様を祀る神殿があって、その奥には神殿が管理運営しているという養護院が見える。

さらに上がっていくと、開けた場所に出た。

ここまで来ると察しが悪い私でも分かる。この先にあるのは……霊園だ。

植物で作られたアーチの先が霊園で、その手前にワゴンの花屋さんがお花を売っている。白い花が半分くらい、黄色やピンク、青といった色付きの花もたくさん用意されているけれど、どれも淡く優しい色のものばかりだ。

「お嬢さん、花、選んでくれないかナ？　俺が選ぶといつも同じ感じでサ、きっと俺の可愛い人もたまには違う感じが嬉しいと思うんだヨ」

「……………キムはキムで選んだ方がいいよ、私も私で選ぶし。いつもと同じだったとしても、好きな人が選んでくれたら、それだけで嬉しいじゃない？」

そういうと、キムはハッとした顔をしてから苦笑いを浮かべて頷いた。

お花屋さんがいうにはお墓に供える花は白い花を基本にして、色のついた花を少し合わせて作るのがこちらのルールらしい。なので、マーガレットに似た白いお花と淡い黄色のミモザに似た花を合わせてもらった。

キムは白いヒナギクのような花と、薄青いネモフィラのような花を合わせるらしい。「いつものお花でよろしいですか？」とお花屋さんに確認されていた。

白と青の丸くて可愛らしいフォルムの花束をキムがいつも注文している、そう思うと自然と笑みが浮かぶ。いつものキムらしくはないけれど、きっとお相手さんのイメージなんだろう。

花束を買って霊園に入る。

綺麗に整えられた芝生、白い石畳、大きな木、整然と並んだ墓石。どちらの世界でも亡き人が眠っていて、彼らを偲ぶ場所は美しく整えられている。

大きな木の横にある石板には五年前の日付と〝クレア・M・オルグレン〟と名前が刻まれていた。名前の下にはくぼみが作られていて、透明なカバーで覆われている。そのくぼみの中に指輪がふたつ納められているのが見えた。

「……来るのが遅くなってごめんヨ。でも、可愛いお客さんが来てくれたから、許してほしいナ」

キムはそういって花束を供え、石板をそっと撫でた。番さんに触れるように、そっと。

石板の前にしゃがみ込んで、私も花束を供える。

「初めまして。きっと私を連れてくるって任務があったから、会いに来るのが遅くなったんだよね？ごめんなさい」

花屋さんに「いつものお花」で通じるくらい、キムはここに通っている。石板に刻まれているのは年号だけだけど、きっと命日を過ぎちゃったんじゃないかって思う。

「…………仕事だからサ、お嬢さんが気にすることじゃないヨ」

「でも……」

「俺の可愛い人はちょっと遅れたくらいでへそ曲げるような、そんな女じゃないヨ」

大きな手が私の後頭部にポンッと触れた。

そうか、そうかもね。性格に難ありなキムと、番とはいえ恋人関係が築けるんだもん、心が広くて優しい人に決まってる。

「……今、めちゃくちゃ失礼なこと思ったネ？」

「ナニモ、オモッテ、イマセン」

「……」

後頭部にのっていた手に力が入り、頭蓋骨が締め上げられ激痛が走った。暴力反対！

「いたたたたっ」

「まあ、俺も失礼なことといったから……お相子にしてあげるヨ」

「は？」

キムはその場で立ち上がると、真面目な顔をして私を見つめる。

「悪かったヨ、お嬢さんを傷つけるようなことをわざといった。傷ついてショック受けて大人しくなってくれたら、連れて帰るのが楽になるからサ」

「……なんの、話？」

「オオカミくんのこと、だヨ」

リアムさんのこと？

「あのオオカミくんの戸籍が曖昧なことは事実だヨ、国籍、立場、名前も不明。でも、その腕輪」

キムは、私の左手首にある白花モチーフのブレスレットに視線を向けた。

「お嬢さんはその装飾品の意味、知らないんだよネ？」

「意味？　白花祭りのときは、白花をモチーフにした装飾品を身に着けて参加するんだって」

「それ、オオカミくんから贈られたんでショ？　祭りのときに」

「そうだよ」

「それはネ、〝結婚してください〟って求婚の意味があるんだヨ。本気でお嬢さんのことを愛してるから、先のことを考えて贈ったんだネ」

私の左手首には、あのお祭りのときからずっとブレスレットがある。少し特殊な金具が使われているので、外れて落とすことはないけれど、外すことが少し面倒くさい。

取り外しの問題はもちろんあった、でも、やっぱり……好きになった人から贈られた装飾品をずっと身に着けていたい、そんな気持ちがあったから外さなかったのだ。

「お嬢さんも、あのオオカミくんのことを憎からず思ってたよネ？　ふたりの気持ちを否定するようなことをいって、本当に悪かったヨ。申し訳なかった」

そういってキムは私に頭を下げた。

キムは立っていて、私はお墓の前でしゃがんでいたので……頭を下げられているけども、灰色がかったさらりとした髪に覆われて先っぽだけ丸みを帯びている三角形の耳のついたキムの頭は、私の目線よりも上にある。

私は立ち上がり、キムの両耳を親指と人差し指で摘まんだ。そしてほんの少し指に力を込める。

「……ひっぎ！」

獣人さんの耳にはいろいろな神経がたくさん集まっていて、とても敏感な場所だと聞いていた。だから少し力を入れて摘まめばかなり痛いはずだ。

「お嬢さんっ！　耳は駄目だヨ、耳は！」

両手で耳を守るように覆い、キムは涙目で叫んだ。私が思っていた以上に痛かったようだ。

「キムにもいろいろ事情があったとは思うよ、仕事だったんだしね。でも、私は傷ついた。……悲しかったし……辛かった」

キムのいうリアムさんが仕事の都合かなにかで、私をカモフラージュに使ったとかそういう話を聞いてすごくショックだった。

私はこのブレスレットの持つ本当の意味を知らなかった。リアムさんが私との将来を考えるほど、想ってくれていたことを知らなかった。

でも結局なにを言い訳にしたところで、私がリアムさんの気持ちを、自分自身の気持ちを信じられなかったことは事実だった。

「本当に悪かったヨ。……あのオオカミくんにも、身分とか立場とかを不明にしているのはいろいろ事情があるんだろうって想像するヨ。俺も任務の内容によっては仮の身分を作ったりするしネ。それでも、オオカミくんのお嬢さんへの気持ちだけは、疑わないでやってほしいかナ」

キムは耳を何度も動かし震わせたりしながらも、ションボリとした表情を浮かべながらいった。

「……そうだね」

高台にあたる場所にある墓地に下からの風が吹き上げた。ヒュウッという風を切る音がして、供えた花が大きく揺れる。

キムにとってこの場所での謝罪は、最大の謝罪なのかもしれない。だって、ここはキムが世界で一番大切に想う相手が眠っている場所だから。

風に揺れる花までもが、「ごめんね」といって頭を下げているように見えて……私は大きく息を吐く。

今でもリアムさんのことを考えると胸が痛い。

最後に見た彼は大きなケガをしていて、血がたくさん流れて痛そうで苦しそうな声をあげていた。いくら獣人は丈夫だ、頑丈だといわれても不安だし、心配で怖い。彼は今どこでどうしているだろう？　無事でいてくれているんだろうか？

「全部が終わって、お嬢さんがあのオオカミくんに会いたいと願うんだったら……俺が会わせてあげるヨ」

「キム？」

「必ず捜し出して、会わせてあげるヨ。だから、まずは全てを終わらせよう。月が変わったら、王都へ向かうからそのつもりでいてネ。お嬢さんの番が、王都に戻ったからサ」

「……え？」

言葉の意味を理解できず、私はただキムの顔を見つめていた。

私の、番が？　王都に？

生まれて育った世界からこちらの世界に召喚される理由は、この世界に暮らす獣人の番として幸せな家庭を築いて生活してほしいから。

私が召喚されたとき、同じようにやってきた人たちが三十人ほどいた。欧米を中心に世界各国から男女半々くらいの割合で、異世界からの番として呼ばれたのだ。

その後開催されたお披露目会と呼ばれるイベント中、私以外の全員に番獣人のお迎えがあった。一緒にこの世界に来た従妹の杏奈も、クマ獣人さんが迎えにやってきた。

異世界からの番を迎えるようになって、お迎えがなかったのは初めてのことだったらしい。その後、私は〝番が迎えに来なかった異世界人〟や〝番から見捨てられた異世界人〟といわれた。自分の番を何よりも大切にする種族である獣人から、捨てられたのだともいわれた。

きっと私の番という人には、大切に想う相手がいたんだろう。番避けのアクセサリーを身に着けて、大切に想う相手と幸せに暮らしているから私のことは必要ないのだと、捨て置いたのだ。

だったら、私はこの世界で自由に生きていこうと決心した。

自分の思う好きなところに行って、仕事をしてお金を稼いで、自分で自分を養っていく。

幸い女神様が私にくれた加護は、言語に困らないというものだ。言葉の違いなど問題にならない、私が暮らしやすい国や街を探してやろうとも思っていた。

異世界から来た私が勝手に国外に出ることは法律違反だったけども、商隊に交じっての旅も外国での仕事や生活も経験できた。

全部が終わったら正規の手続きをして国を出て、あちこちを見ながら東側の国へ行く。そう決めて、なにもかもがこれからだというときに……番？

「い、今更……!?」

「確かに今更なんだけどネ、そういわないであげてヨ。なにやらアチラさんにも止むに止まれぬ事情があった、みたいだからサ」

「キムは聞いてる？　私の番だという人がどこの誰で、どんな事情があってお披露目会に来なかったのかって」

聞いているのなら教えてほしい。

どこの誰で、どうしてお披露目会のときに来てくれなかったのか、知りたい。

「俺は聞いてないんだヨ、ごめんネ。大公閣下からお嬢さんの番が王都に戻ってきた、お嬢さんと顔合わせをするため王都へ行く、っていわれただけだからサ」

「……顔合わせをして、私とその人を結婚させて、全てが解決したっていって終わらせるつもりなの？」

私の気持ちも、番だという人の気持ちも無視して、運命の相手だからくっつけばいいだろ、それで幸せだろって決めつけて終わりにするっていうの？

「さすがにそんなことは思ってないヨ」

「じゃあ、どういうつもりでいるっていうの」

「お嬢さんの中ではさ、もうこの世界にいるキミの番のことなんて、とっくに終わったことになってるんだと思うヨ？　でも、国としては終わったことにはできてないわけでサ。お嬢さんには申し訳ないんだけど、事の後始末に付き合ってほしいんだネ」

キムは肩を竦(すく)めて、苦笑いを浮かべた。

「お嬢さんだって、諸々(もろもろ)はっきり分かった方が、すっきりするんじゃないのかナ？　いいたいこととか文句があるなら、本人に向かっていってやればいいヨ」

なんなら平手のひとつでもくれてやればいいサ、と軽くいうキムの言葉を聞いて、私はようやく肩の力が抜けて、大きく呼吸ができた。

「番の獣人と顔を合わせて、いいたいことといって聞きたいことを全部聞いて、一発殴ったら……そこから先のことを考えればいいヨ。番の獣人と結婚するもよし、そいつを捨てて他のヤツと結婚するもよし、王都ではない他の街へ行くもよしサ！」

「……うん」

「お嬢さんは悪くない、だから気楽に構えていていいんだヨ」

「うん」

「じゃ、行こうか。近くに小洒落（こじゃれ）たカフェがあって、そこの季節のケーキが……」

「まあ！　どうしてあなたが今、ここにいるの!?」

カフェへ行こうと誘ってくれるキムの言葉を遮るように、甲高い声が響いた。静かな墓地には似合わないヒステリックな声だ。

声の主は中年に差し掛かったくらいのご婦人。貴族らしく、お付きの侍女がふたりと護衛らしい騎士がひとり後ろに控えている。

「………ご無沙汰しております、伯爵夫人」

キムが騎士らしい礼をとって挨拶をするけれど、ご婦人はフンッと鼻を鳴らしてあしらった。シックなボルドーカラーのドレス、顔の半分ほどを隠すレースのついた小さな帽子、控えめなアクセサリー類を身に着け、薄い黄色の長い髪をアップにしている。キムと同じような先の丸い耳のある美しい獣人だ。だいぶきつくて、嫌な印象を受けるから親しくしたいとは思わないけれど。

私も一歩下がって軽く頭を下げる。

相手は貴族のご婦人で、私は異世界から来たけれど平民。用があるのはキムだから、私は控えていれば問題ない。

「質問に答えなさい。どうしてあなたがここにいるの？　あの子の命日はとっくに過ぎたはずだわ」

「大公閣下より命じられました任務にて、街を離れておりましたので」

「……そう、大公閣下のご命令ならば仕方がないわ。用が済んだのならさっさと消えて頂戴」

自分から声をかけてきたクセに、さっさと消えろなんて……どうしてこう貴族の人っていうのは高飛車で傲慢(ごうまん)な人が多いんだろう。

「そこのあなた」

「…………えっ？」

ご婦人の灰色の瞳が私を見ていた。

「見る限り平民のようですけれど、どちらの方かしら？」

ご婦人と侍女、騎士、全員の目が私を見る。頭から足の先まで品定めするような、嫌な視線。

「わ、私は……」

「この方は異世界からの番様でいらっしゃいます。現在、大公閣下の庇護(ひご)を受けこの街に滞在中でございます」

キムが私を背中に庇うように立って答えると、ご婦人もお付きの侍女さんたちも目を丸くして一瞬だけ驚いた表情を浮かべた。そして表情を緩めて微笑(ほほえ)む。貴族特有のアルカイックスマイルだけれど、品定めするような嫌な視線はなくなった。

「まあ、異世界からの方でしたのね。失礼しましたわ」

「い、いいえ」

「それで、あなたの番相手はどちらに？　異世界からいらした方は大切な存在、それなのにご自身の番と一緒でないなんていけませんわ。この男は護衛なのでしょうが、お役には立ちません。なにせ前科がありますもの。護衛としては……三流以下ですから」

なんの話をしているのか、私にはさっぱり理解できない。確かにキムは私の護衛を兼ねているのかもしれないけども、私はキムと一緒にキムの番さんに会いに来ただけだ。

なにか返事をしなければ、と思うけれどなんといっていいのかが分からない。下手なことをいって、キムや大公様の立場を悪くするようなことはしたくない。

「彼女の番は現在王都に滞在し、動けぬ状況にあります。そのため、大公閣下の元にいらっしゃるのです。月明けには閣下とともに王都に参られますので、ご心配には及びません」

キムが再び助け船を出してくれた。

その言葉にご婦人は「そう、今度こそ護衛としての任務をしっかり果たしなさい。この方は、あなたの番ではないのですから。他の方の大切な番を預かっていることを忘れないように。二度目はないのです」といい捨て、侍女たちと護衛騎士を連れて霊園の奥へと移動していった。

霊園の奥の方に行けば行くほど、身分の高い方の墓所になっているらしい。立派な墓石や供えられた大きな花束が見える。

「……………なんなの、あのマダムは」

ご一行の姿が完全に消えてから私が呟くと、キムは困った様子で頭をガリガリ掻いた。

「何度も不快な思いをさせて、悪かったネ」

「いいけど、なんなのあの感じの悪いマダムは。キムの知り合い？」

「あー、あの人はね……俺の元義姉？」

「はい？」

毎回思うけども、キムの告白は、情報が多い！


霊園を後にし、連れてきてもらったカフェはキムがいう通り〝小洒落て〟いた。

焦げ茶の柱に真っ白な壁、優しい曲線を描く木製家具が並んで、魔法で動く音楽道具からは耳に優しい音楽が流れ、美しい鉢植えの植物が目と心を癒す、そんな素敵なカフェだ。

日本でも洗練された都会にある、女子に人気のカフェに似ている感じがする。

SNSに写真がいっぱい上がっていそうなオサレカフェ。日本の片田舎に生まれ育った私には、テレビや雑誌で見るしか縁のなかったオサレカフェ。一度は行ってみたい、と杏奈ときゃあきゃあ騒いだ憧れのオサレカフェ。

まさか、異世界で来ることになろうとは思わなかった。

普通の状態なら純粋に楽しめただろうけど、ほんの数分前にあったことが後を引いていて、優しい音楽も綺麗な鉢植えの植物も完全に私を癒してはくれない。

季節の果物を使ったお勧めのパイと紅茶を注文して、コーヒーを頼んだキムと向かい合って座る。

「……あのマダムが、キムの元義理のお姉さんって、どういう意味？」

「あー、やっぱり知りたい？　知りたくなっちゃう？　まあ、そうだよネ？　あんな風に突然知らない女に噛みつかれたら、気になって当然だよネ」

「話したくないっていうのなら、聞かないよ？」

「隠してるわけじゃないヨ、ある程度身分のある人ならみんな知ってる話だしネ。全然楽しくない話だけど、それでも聞きたいかナ？」

「キムが困らない範囲で」

スパイスのような香りがする紅茶と、アップルパイに似たパイが運ばれてきた。パイにはクリームが添えられていて、とても美味しそうだ。

「俺の生まれた家っていうのは、やたら歴史のある家なんだよネ。身分がすごく高い人の従者をしたり護衛をしたりする者をたくさん出してる、っていえばお嬢さんにも分かりやすいかナ」

「だからキムは大公様の下にいるの？」

「まあ、ネ。兄がふたりいるから、俺には家を継ぐとか無縁だったんだヨ。予備の予備だからネ。子どもの頃から大公閣下のお友達兼将来の部下として、大公家でお好きに使ってくださいってことで、生家より大公家で育った感じだネ」

あのお綺麗な大公閣下とキムは一緒に育った幼馴染み的な関係だったようだ。主従って関係だけど、確かにふたりの間にはそれだけじゃない、もっと気安くて親密な空気があった気がする。

「あのご婦人は長兄の嫁さん、義理の姉って立場の人になるネ」

「元っていうのは？」

「俺が生家と縁を切ってるから、だネ。生家の人たちは、全員元家族だった人たちだヨ」

口にしたパイが喉に詰まりかけた。急いで紅茶を口にして、パイの塊を喉の奥へと押し流す。

「なに、どうしたっていうのサ？　そんなに急いで食べなくてもパイは逃げないヨ？」

キムが笑いながら軽い口調でいうから聞き流すところだったけれど、生家と縁を切ってるって？　死に別れたとかじゃなくて、家族はちゃんと生きてるのに家族じゃなくなったってこと⁉

「なんでそんな、家族と縁を切るなんて……」

「あー、そうか。お嬢さんの生まれ育った世界じゃあ、家族と縁を切るってあまりないことなんだっけネ！　でもこっちの世界じゃあ割と普通にあることだヨ、家から籍を抜くとか養子に出すとか貰うとかネ」

王族を頂点にして貴族と平民という階級会社を作っている国の多いこの世界では、家を守るとか存続させるために子どもを養子に出したり貰ったりが一般的に行われていて、特別珍しいことではないらしい。

江戸時代の日本だって、武士のお家存続のために養子を迎えるとか養子に出すとかやっていたのだから、普通だといわれればそうなんだろう。でも現代日本で暮らしていた私にとっては、一般的だとは受け取りにくい。

「それに、俺が生家と縁を切ったことは誰もが納得してたことだからサ。そんな悲しそうな顔しないでほしいナ」

「納得するって、そんなの」

キムはコーヒーをひと口飲んで、笑った。

「ありがとネ、俺の立場とか元家族のこととか気にしてくれたんでショ。お嬢さんは優しいネ、俺はお嬢さんに酷いことして傷つけてばっかりなのにサ」

「……家族と離れるっていうのは、辛いことだよ。どんな理由があっても」

誘拐されるようにこっちの世界に来て、もうじき丸二年になる。家族のことを想って泣く夜は減ったし、夢に見ることも減った……けれど悲しく切ない気持ちにはなるし、寂しさを感じるときだってある。きっとこの気持ちは生涯抱き続けるに違いない。

「そうだネ。でも、獣人社会じゃあ縁を切られて当然の理由だったんだヨ」

「獣人社会？」

「そ、この世界には女神の決めた番って運命があるよネ。その運命はこの世界に生まれ育った者たちにとって、とても大事なことサ。中でもそれを一番重要視してるのが獣人種族。獣人は獣と人の両方の本能を持ってるんだけど、獣の部分にある本能が強くそうさせる、って感じだネ」

なるほど、獣としての本能といわれれば納得してしまう。

「番は大切な存在、最愛の番を守るのは当たり前。守ることができずに死なせてしまうなんて、あり得ないことサ……そんなヤツは一族から絶縁されて当然なんだヨ」

私の感覚からすれば、家族を守るということは経済的に養うとか、精神的に寄り添うとか、家事を具体的に分担するとか、そういう共にいるための行動であって命を守るってことじゃない。だって、現代日本に暮らしていたら基本的に命の心配なんてしない。

実際には交通事故にあうかもしれないし、なんらかの事件に巻き込まれることだってあるかもしれないけれど……そういうことに自分と自分の家族はあわないんだって思って生きているから。

「特にサ、お嬢さんみたいに異世界から女神が呼んでくれた番相手っていうのは、本当に特別なんだヨ。そんな大事な大事な番を死なせるなんて、あり得ない失態なんだよネ」

「……え、じゃあ、キムの番さんって」

「そ、お嬢さんと一緒サ。彼女は六年前に異世界からこっちの世界にやってきたんだヨ、俺の最愛の相手としてネ。〝イングランド〟って国に生まれて育ったって言ってたヨ」

フォークに刺していたアップルパイがポロリとお皿に落ちた。

キムの番さんが、私と同じ異世界から呼ばれた人!?

「俺にとってあの子は、可愛くて愛おしい俺だけの最愛でしかなかったヨ。でもサ、異世界から来た人はいろんな知識を持ってるよネ」

「そうだね、向こうには魔法がないからそれを補う技術が発達してるし」

「カガクだよネ。話を聞いたんだ、二階建てのバスっていうのが辻馬車の代わりに走っていて、デンワっていう遠距離通話技術があるんだってネ」

「そうだよ、キムの番さんの生まれ故郷で走ってる二階建てで赤い色のバスは、世界中で有名な乗り物なの」

「へえ、生まれた国の違うお嬢さんも知ってるんだ、本当に有名なんだネ」

キムは嬉しそうに笑ってコーヒーを飲んだ。その笑顔は本当に心から嬉しいって気持ちからのものだと、私には見えた。

「俺の可愛い人は菓子を作る専門の、〝ぱてしえ〟？　とかいう職人の見習いだったんだってサ」

「パティシエ、ね」

「そうそう、それ。こっちにはない、見た目も綺麗で美味しい菓子をたくさん作れたんだヨ。俺としては、将来生まれる子どもたちは美味い菓子が食えるな、くらいにしか思ってなかったヨ」

結婚して一緒に暮らして、子どもが生まれて……奥さんが美味しいお菓子を作ってくれて、子どもたちがそれをおやつに食べる。きっと誕生日や新年なんかの特別な日には、それに相応しい大きなお菓子を作ってくれるのだ。

私にだって想像できる、幸せな家庭の姿だ。キムがそれを思い願うことはなんの不思議もない。

「でも、俺の生家はそうじゃなかったんだヨ」

異世界から来た人たちの中には、こちらにはない技術や知識を持っている人が大勢いる。それは農業技術だったり治水技術だったり裁縫技術だったりさまざまだ。

そんな知識や技術を持った異世界人を番に迎えることは、単純に運命の相手を娶(めと)るというだけではない部分があるらしい。そういう知識や技術がなくても、絶対に獣人の子どもが生まれる異世界人は歓迎されるけれど、知識や技術を持っていたらばなお一層という感じだろうか。特に貴族にとっては、別の意味が生まれる。

「彼女が作る菓子を売って、商売にしようと企んでたんだヨ。菓子店を開いて、ケーキだのクッキーだのを売るとかサ。後々は作り方も売るとか、俺たちを無視して勝手に考えてたわけだネ」

キムの番さんはお菓子作りという技術を持っていて、キムの生家はその技術やレシピに目をつけた。特に見た目が綺麗で味も美味しいとなれば、貴族のご婦人方が飛びつくに違いない。お茶会でマウントを取って、大きな顔ができるから。

「特に元義姉は自分自身が菓子の味を好んでいたのと、茶会で大きな顔ができるし、金にもなるってことで気持ち悪いくらい俺と最愛に擦り寄ってきてたヨ。もともとそんな良好な関係じゃなかったから、あからさますぎて笑っちゃったネ！」

「うわあ」

お手本みたいに自分勝手で嫌な感じの親戚だ。絶対に仲良くできないし、親戚付き合いもできそうにない。

「勝手に考えていたことがあった、でもその肝である俺の最愛は死んでしまって……元義姉は茶会で大きな顔ができなくなった、菓子とレシピを売っての利益もなくなった、美味しい菓子を食べることもできなくなったわけだヨ。それはみんな俺が彼女を守り切れずに、死なせてしまったからだけどサ」

「だから、あんな態度をとるの？」

「番を守り切れないような、力のないヤツは家には置いておけないって風潮が獣人社会にはあるからサ。弱肉強食ってやつ。だから俺は家を出されたわけネ。で、元義姉的には自分の思い通りにいかなかった原因が俺にあるって、より一層俺を嫌ってるんだヨ」

だから、異世界から来た私の護衛としてキムは不十分だとかいっていたんだ。

「義理のお姉さんのことは分かったよ。でもそれって、キムが悪いわけじゃないでしょ？　そもそも、ああいう態度とる人、私は好きじゃない」

「ま、褒められた態度じゃあないネ」

私はお皿に残っていたクリームをたっぷりのせて、最後のパイの一片を口に運んだ。シロップと香辛料で煮た果物のコンポートは甘くて、パリッとしてバターの効いたパイ生地との相性は最高だった。とても美味しい。

キム自身のこと、キムの家族のこと、亡くなった番さんのこと……そんな話を聞きながら食べたからだろう。アップルパイに似たそれは、美味しいけれど少し苦い味がした。

カフェを出て、キムと私は迎えに来てくれた辻馬車に乗り込んだ。馬車は来るときに通った道を戻って、大公館へと向かう。

「…………気になってるんでショ?」

「そう、だけど。だって、でも」

馬車の中、コトコトと揺れながら私は向かいに座っているキムに聞きたいことがあった。でも、聞いちゃいけないって気持ちもあって、黙っていた。

「俺の可愛い人がなんで死んだのか、気にならないわけないもんネ」

キムはユキヒョウの獣人でかなり強いらしい。その腕を見込まれて、護衛や影からの要人警護もこなしていると聞いた。そこはマッチョなルークさんも美少女メイドコニーさんもいっていたので、正確な情報だろう。

そんな強い人が、自分の番を守り切れずに死なせてしまうなんて、なんだか考えにくい。

気になる。でも、聞いちゃいけないことだって思う。

「別に隠してることじゃないからサ、そんな変な顔しなくてもいいんだヨ?」

キムは笑い、長い尻尾の先っぽで私の鼻の頭を弾(はじ)いた。突然もっふりしたもので鼻先を弾かれたものだから、くしゃみが出る。

「へっくしょ！」

「可愛くないくしゃみだネェ」

「ほっといてよ」

キムは辻馬車の御者さんに「合図するまで街中を適当に回ってヨ」と伝えて、居ずまいを正した。

「……お嬢さんはさ、〝宝珠の館〟について聞いたよネ？　あのなんともいえない施設のことサ」

私が頷くと、キムは尻尾で座面をパシパシと叩いた。

「あの施設、設立当初はただの異世界人保護施設だったんだヨ」

「保護施設？　上位貴族の獣人の子どもとか、希少種族の子どもをお金で作るところじゃなくて？」

「そう。最初はそのまま〝異世界人保護施設〟って名称だったんだヨ。こちらに番として呼ばれた後、なんらかの事情で番を亡くして、行き場がなくなった異世界人を保護する場所ネ」

こちらの世界に召喚された私たちのような存在にとって、頼れる相手は番である獣人だけ。番の獣人が生涯を通して愛して、守ってくれる……そういう立場の弱い存在だ。この世界で唯一、自分を大事に守ってくれる相手が事故や病気で亡くなってしまったら、独りきりになってしまう。頼れる家族も親戚もいない、親しい友人もいない世界で独りきり。

そんな異世界人を保護するのが、当初の目的。とても大切な施設だって思う。

「番を亡くして行き場のない異世界人を保護して、生活の面倒を見つつ自立の道を探す、そんな施設だったんだネ。その自立の道の中のひとつとして、番と出会えなかったこちらの世界の者との再婚って形もあったんだと思うヨ。もしくは、俺みたいに番を亡くしてしまった獣人とかサ」

「なるほど」

「そんな風に就職とか再婚とかを世話しているうちに、いつの間にか高位貴族とかエルフやドワーフなんかの少数種族なんかの間で、異世界人に報酬を支払って子どもを産んでもらうって仕組みが出来上がっていったみたいだネ」

最初は些細なことだったのかもしれない。先の生活が不安な異世界人と、自分たちの種族の子どもが欲しい人たちとの利害が一致しただけ、とか。

「けど、ここ何十年もこの国も周囲の国も戦がない。異世界からの番を得た獣人が死ぬようなことは、滅多に起きなくなったんだヨ」

「それは、良いことだね」

番である獣人さんたちが死ぬことが減ったのなら、ひとりで取り残される異世界人も減るってことなんだから、すごく良いことだ。

「そうなんだけど、そうなると〝宝珠の館〟に入る異世界人が減ることになるよネ。新しい子孫を残す異世界人が減ることは、館の、子どもを作るって仕組みが上手く回らなくなるってことにも繋がるからサ」

キムは大きく息を吐いて、尻尾でまた座面を叩いた。

「今から七年前、この国に三人いる王子の中から、第一王子が王太子になったんだヨ。王太子殿下は館のあり方に対してずっと疑問を抱いていたらしくて、館のあり方を見直そうとしたんだネ。要するに、本来の保護施設に戻そうとしたんだヨ」

「え、でも……それは」

「正しい意味での施設に戻そうって、王太子殿下はうちの大公と一緒になって行動を起こしたヨ。

もちろん、見直されたら困る連中が大勢いたわけサ。表向きには問題ありませんって顔してても、跡取り問題を抱える家は多かったからネ」

なんだか話が嫌な方向に流れて、私の背中を汗が流れた。

服装はちゃんと秋冬ものだし、馬車の客車の中は快適な温度設定になる魔法が使われているっていうのに、寒気を感じるのは気のせいじゃない。

番を亡くして行き場をなくした異世界人を保護して、希望する職業訓練を受けさせて就職先を探すとか、弟子入り先の紹介をする。

自立の道を促すことは、番としての価値しかないとされた人たちにとってとても良いことのように思える。私だったら嬉しいから。

寝る場所と食事が保証されていて、希望する仕事に関しての職業訓練を受ける。その先に就職があって、独立なんて道も開けてくるだろう。自立ができれば、新しい恋を……って気持ちにもなって、縁があれば再婚だって前向きに検討する。その結果、新しい命だって誕生するかもしれない。

きっと最初はそういう目的での施設だっただろうし、王太子様や大公閣下はそれを目指したのだろうと思う。

「王太子殿下と大公閣下は、小さな街にある小さな館を閉めて大きな街にある館へ異世界からの番を集めたんだヨ。閉鎖しては人を集めて、また閉鎖しては人を集めてってことを繰り返した結果、フェスタ王国で館があるのは王都だけになったのサ」

「えっ……そう、だったの？」

「そう。子ども作りって意味での館がある国は、ウェルース王国とアラミイヤ国で、どっちもなかなかに盛んだヨ。クレームス帝国と我がフェスタ王国は現在縮小中で数年内になくなる予定。ファンリン皇国には元からそういう施設はないんだネ。ポニータ国は情報不足だから断言できないけど、おそらくないと思われるヨ」

そういえばランダース商会のマダムヘレンもそんなことをいってた覚えがある。すごく異世界人に待遇のいい館を紹介してくれて、私を入居させてくれるとかなんとか。いらないお世話だ。

「俺個人としても、王太子殿下と大公閣下のふたりがやったことは良いことだって思ってるヨ。仕事を持って経済的に自立することは、精神的にも安定するから幸せに繋がるって思うんだよネ。でも、性急に事を進めすぎたのかなって、今になって思うヨ」

「館で子どもが作れなくなったら困る人たちのこと?」

キムはため息をつきながら、首を縦に振った。

「異世界からの番のことばかり、優先しすぎたかなって。跡取り問題を抱える家っていうのは、まあ大体身分が上だったり、希少種族だったりってことは想像つくよネ?」

「うん」

「彼らの問題をそのままにして、館の縮小だけを進めたんだヨ。館で子どもを産んで生活するしかないって思い込んでた異世界人を保護して、希望の聞き取りをして、職業訓練なんかも始めて……どんどん話は進んでたネ」

「うん」

「結果、フェスタ王国でなんらかの報酬と引き換えに子どもを産んでもいいよ、っていう異世界人はほんの数人になったんだネ」

王太子様も大公閣下も、もう少し異世界人の説得に手間取ると思っていたらしい。

子どもを希望する人との間に子どもを作って産んで、その子どもを引き渡せば大金が手に入る。二、三人産めば一生遊んで暮らせるくらいの報酬が手に入るようだ。

さらに女性なら妊娠中の面倒も見てもらえるし、立派なお医者さんにも診てもらえるらしい。

こちらの世界の人たちからすれば「楽に稼げる仕事」という感覚なのだそうだ。あくまで仕事として子どもを産むだけだと。

宝珠の館を閉鎖するといえば、子どもを産むことを商売にしたいといい出す異世界人が一定数いる、と覚悟していたらしい。

でもそれは、私個人の感覚からいったらあり得ない、だ。お金を稼ぐ手段として、体を売るとか赤ちゃんを産むとか……避けたい手段だ。

「そんなワケで、おふたりの予想を良い方向に裏切って館の解体縮小は進みまくって……跡取り問題を抱える一部の高位貴族と希少種族家が行動を起こしたんだヨ」

「行動？」

「うん。金銭で子どもを産んでも構わないっていう異世界人に、出産契約を持ちかけることも禁止していたからサ。そもそも、異世界人との接触も許してなかったんだネ。それらに焦った彼らは異世界人たちをさらったんだヨ」

「誘拐……したってこと？」

辻馬車はカタカタと小さく振動しながら、夕方の街中を走り続けている。夕飯の食材を買いに来た奥様たちも、学校から家に帰る学生さんたちも、よく見かける辻馬車の中でこんな重たい話がされてるなんて夢にも思わないだろう。

「異世界人ならもう誰でもって感じで、性別も本人の意思も関係なく館に踏み込んで、その場にいた十人全員を強引に連れ去ったんだヨ」

「そんなっ」

「そのさらわれた異世界人の中に、菓子職人になりたいって子に菓子の作り方を教えに行ってた俺の可愛い人も交じってたヨ」

息が詰まった。

「館が襲われて、異世界人たちがさらわれたって報告が入って、すぐに救出に向かったヨ。そのときはただ、自分の番を助け出すってことしか考えられなかったネ……館がどうの、他の異世界人たちがどうのなんて無視だヨ。俺の大事な人をさらった奴らから、取り返すことしか頭になかったヨ」

キムの耳が下がり、尻尾も力なく垂れ下がった。

「……仲間と現場に乗り込んだときには、もうそこは血の海だったヨ」

「なんで、どうしてそんな……」

「ほら、普通に仕事して生活していきたいって異世界人が圧倒的に多かった、って話したでショ。だから無理やりさらわれて金を払うから子どもを産め、とか全く知らない獣人からいわれても拒否するよネ」

それは、そうだろう。私だって全力で拒否する。

番の獣人と死に別れて行く先がなくて、宝珠の館に来たときはここで生活するしかないって思っていて、他の生き方なんてできないって思っていた。だから仕方がなく受け入れていた。でも、そうじゃないって知って、職業訓練を始めて自立の道を歩き始めていたっていうのなら……拒否するのも不思議じゃない。

「で、対して獣人の方は異世界人から拒絶されて頭に血が上って、無理やり襲いかかった。当然抵抗されて、異世界人がどれだけ傷つきやすいかを忘れて傷つけて、結果死なせちゃったってネ」

「……」

異世界からやってきた私たちのような人間は、こちらの世界で生まれた人間よりも肉体的に弱いらしい。病気に対する抵抗力とかも低いし、ケガもすぐに負ってしまう。

こちらの世界の人間種族は片方の親が獣人か、人間種族同士でもご先祖様の誰かが獣人で体のつくりが強い。

もしかすると、獣人にとってはこちらの人間にするように少し強く引いたとか押したとかしただけで、結果として異世界からの人間が想像以上の大ケガを負って、そのまま死んでしまったのかもしれない。

「誘拐犯もそれを指示した貴族連中も全員捕まえたヨ、重い処分も下ったサ。でも結局、さらわれた異世界人は三人しか保護できなかったヨ。俺の可愛い人も、帰ってはこなかった」

「キム」

「人生ってなにが起こるか分からないもんだよネ？　俺は番を失うかもしれないなんて、想像もしてなかったヨ。ずっと一緒に暮らして、子どもができて生まれて成長して、番も俺も年を取ってしわくちゃのジジイとババアになる。ずっとずっと一緒にいて、孫とか曾孫(ひまご)に囲まれて死んでいくもんだって、そう思ってたネ。でも、違ったヨ」

キムは辻馬車の窓から外を見つめた。外は日が落ちて、オレンジ色から藍色に変わろうとしていて、窓ガラスに顔が映る。

ガラスに映るキムの顔は悲しげで、苦しげだった。

想像していた幸せな未来が消えてしまうのは悲しい、大切な人がいなくなって二度と会えないのは苦しい。

キムの番、クレアさんはどれだけ怖かっただろう。いきなり攫われて知らない人から自分の子どもを産めとか言われて、傷つけられて。怖くて苦しくて辛かっただろう。想像するだけで悲しい。

「……お嬢さん、泣かないでヨ。若い女の子を泣かせたなんて知られたら、俺の可愛い人に叱(しか)られちゃうヨ」

「な、泣いてないよっ！　だから、叱られないっ、大丈夫！」

キムは肩を竦めて笑うと、ハンカチを手渡してくれた。

目元を押さえたハンカチからは、キムがクレアさんに選んだ花束の花のような優しい香りがした。

閑話　ヴィクター・キム・オルグレンの改悛(かいしゅん)

アディンゼル大公館に戻ると、先代様のときから館を取り仕切るイーデン執事長が直立不動で待ち構えていた。帰りが予定よりも遅くなったことと、あからさまにお嬢さんが泣いた痕があったことに対しての小言を貰(もら)ったが、本気で怒っている様子は感じられない。

本気で執事長が怒ったときは、歯の根が合わないくらい体が震える……思い出したくない出来事のひとつだ。

「レイナさん、お手紙が届いておりますよ」

大公館の東館に入ってすぐ横にあるサロンに入ると、執事長はトレイにのった手紙をお嬢さんに差し出した。

手紙、と聞いてお嬢さんは一瞬体を硬くする。まあ、そうだろう。お嬢さんにとって手紙は良い印象がない。手紙といえば、見知らぬご令嬢から貰う罵倒や人格否定の手紙か、俺から貰った体調不良になる魔法が仕込まれた手紙ばかりだったから。

「誰から、ですかね？」

お嬢さんは四通の手紙を手にすると、差出人の名前を確認する。最初の封筒の裏面を見ると目を見開いて驚いていたが、口元が緩んだ。差出人はお嬢さんにとって嫌な相手ではなかったようで安心する。考えてみれば、お嬢さんに害を及ぼすような手紙を執事長が持ってくるわけがなかった。

「僭越(せんえつ)ながら、お返事を差し上げたら喜ばれるかと思われます。便せん、インク、ペンの用意もございますので、いつでもお申し付けください」

執事長の言葉にお嬢さんは少し戸惑いを含ませた笑顔を見せながら「はい」と素直に返事をした。その後お茶を運んできたコニーがペーパーナイフを渡し、お嬢さんは手紙を開け始める。

「……大公閣下がお呼びです、執務室へ」

「はいはい、分かりましたヨ」

返事をして執務室に向かおうとすると、執事長の尻尾が俺の尻を引っぱたいてきて、とんでもなく痛かった。

返事の仕方が気に入らなかったらしい。

「キムです、お呼びと聞きました」

執務室の扉をノックして声をかけると「入れ」と返事があった。そのまま執務室に入ると、執務机ではなく応接用のソファに大公閣下がだらけた格好で座っていた。

ローテーブルの上には茶ではなく、酒と氷の入ったグラスと酒瓶がのっている。

「……夕食前だっていうのに、もう始めてるなんて珍しいですネ」

「飲まずにいられるわけがないだろう」

「お嬢さんを王都に向かわせるっていうから、後始末は終わったんだと思ってたんですけど……違うんですかネ？」

向かいのソファに座ると、空のグラスを取って中に氷の塊を魔法で作って入れる。その中に高そうな酒を注げば、カランッと氷は高い音を立てた。

「大丈夫だ、全て終わっている」

「だったら酒の理由はなんですかネ？」

大公はグラスの酒を一気に呷（あお）り、その勢いのままグラスをテーブルに戻すと、長い尻尾をソファに叩（たた）きつけた。ご機嫌斜めであることを隠しもしない。

「館に関することは、セドリック王太子殿下と共に当時できる限りの手を尽くしたつもりだ。だが、全てに手が回っていたとは思わないし、大切なものを取りこぼした自覚もある」

「……」

五年前、俺が大切な番であるクレアを亡くした事件。あれは〝レリエル館の惨劇〟と呼ばれて、フェスタ王国に生まれた者なら知らない者はいない。

大切な異世界からの番を蔑ろにして傷つけた大事件として知られて、二度とこのような事件が起きないように、という戒めの意味を込めて学校で子どもたちに教えているからだ。

「それでもあの事件以来、館は縮小され王都に残された一軒のみ。それも、現在滞在している異世界人たちが役目を終えれば閉鎖になる。それは……この国の貴族、希少種族家を含め全ての人々が納得しているものだと思っていた」

〝レリエル館の惨劇〟に関わった貴族や希少種族家には重い罰が下った。取り潰しになった家もあったし、貴族としての身分を剥奪され平民に落とされた者もいたし、処刑された者もいた。

宝珠の館に関わったことのある貴族や希少種族家は震え上がったはずだ。

何代か前に利用したことがあるとか、利用を考えていた家とか、見せしめのように下された処罰を重く受け止めたと思われる。

この世界に生きる全種族の者が、改めて異世界から来てくれた番を大切にしなければならない、とも思ったはずだ。

それなのに、お嬢さんに対しての嫌がらせや館入りを願う発言や、それっぽい行動を起こした連中がいたことは大公閣下にとっては衝撃的だっただろう。夕食前に酒を飲みたくなってしまうほどには。

「理解、納得していない連中がいたことも衝撃だったし、レイナ嬢を館入りさせようとしていた連中が実際にいたとは。殿下と俺がしてきたことは意味がなかったのかと、嫌気もさす」

あの事件はたった五年前の話なのだから。

「それで？　どう始末をつけてきたんです？」

「……王宮で出鱈目な噂に踊らされていた愚か者たちは、三ヶ月の減俸。出鱈目な噂を率先して流していた馬鹿者たちは、一週間の謹慎と半年の減俸。レイナ嬢に対して館入り云々の話をしていた痴れ者たちは、二週間の謹慎と半年の減俸と二週間の懲罰作業」

「案外甘い始末になりましたネ」

「なにか実行に移したわけではないからな、あまり重い罰にはできない。精神的に傷つけ、追い詰めていたことは事実で精神面での暴力だが、立証が難しい」

「…………お嬢さんの館入りを画策していた希少種族の家がある、と聞いていますけどそちらはどうなりましたかネ？」

確か、魔導師を多く出すエルフの家系だと聞いた。家には男子がふたりいて、幸いなことにどちらもエルフの血が濃く出ている。だから、一族は兄弟からたくさんのエルフの子が生まれることを期待していたらしい。

長男は番の人間と結婚したが、生まれた子は人間だったらしい。次男はいまだ番と出会えておらず独身。可能なら、次男とお嬢さんを番わせたかったらしいけれど、他の家の口出しもあって館入りさせる方向で話が進んでいた、ようだった。

「それも実際にレイナ嬢を館入りさせたわけじゃない。そういう方向に持っていこうと画策していたところだ。実行に移す前にレイナ嬢が出奔したからな」

「お咎めなし、になったんですかネ？」

「現当主は引退し、領地に夫婦揃って蟄居、王都への立ち入りは生涯禁止。代わりに長男が当主の座に座ったが、第二夫人以降を娶ることは禁止されて、夫人との間にできた子のみ後継と認める。次男は王宮勤めの魔導師だったが、山岳地方の薬草研究所に移動。まあ、左遷だな。二度と王都に戻ってくることはないだろう」

大公が酒瓶に手を伸ばしたので、俺はグラスに酒を注いでやり氷も追加してやった。

下された処分が適切だったのかどうかはよく分からないが、お嬢さんが王都に行っても出鱈目な噂や、宝珠の館どうこうという問題に悩まされることはなさそうだ。

「……で、レイナ嬢の様子はどうだ？　王都に行って、落ち着いて話ができて、冷静な判断ができそうか？」

「どうなんですかネ？」

「おい！」

大公は耳をピンッと立てて、また尻尾でソファを叩いた。

「大事なことなんだぞ！」

「……お嬢さんは余分なことをいろいろと考えすぎちゃう子ですからネ。ついでに自立心が旺盛で、他人に頼ることを良しとしないんですヨ。話はできるしこっちの話を聞いてもくれるでしょうけど、それをどう判断するかは分かりませんネェ」

そういって自分のグラスの酒を呷る。

高価なはずの酒は喉を焼くばかりで、味は全く分からなかった。


女神のお告げを受けたときはとても嬉しかった。俺の可愛い番が異世界からやってくる、俺は愛しい番と必ず会い番うことができる。嬉しかった。

だから、お披露目会が始まると同時に迎えに行って、速攻で求愛した。

淡い茶色の髪に青い瞳が綺麗な、愛しい番。彼女からはいつも甘い香りがしていて「バニラエッセンスの香りが染み込んでるのかしら？」と、菓子作りを職業にしようと思っていたらしい彼女は笑っていた。

あの可愛い笑顔は、綺麗な笑顔はずっと俺のそばにあるものだと信じて疑わなかった。

お披露目会が終わってすぐ、レリエルに連れて帰って正式に婚姻を結んで番った。新居を大公館の近くに構え、ふたりでの生活が始まって幸せだった。

生家の長兄夫人があれこれ口を出してきたけれど、ほとんどを無視した。

お世辞にも上手くいっているとはいえない家族関係だったのに、異世界からの番を俺が迎えた途端に声をかけてくるなんて……ヘソで紅茶が沸きそうなくらいにおかしかった。

新しく王太子の座に座ったセドリック殿下と、大公が〝宝珠の館〟のあり方を見直し、縮小閉鎖して将来的になくす方向で動き出したときも、特になにも思わなかった。

俺にとっては大公から命じられた任務をこなし、愛しい番と一緒に生きていければそれでよかったから。他の異世界からの番がどんな生き方をしていようが、気にもしてなかった。

だから、推し進めた〝宝珠の館〟縮小閉鎖計画が発端になって……あんな事件が起きるなんて全然考えてなかったし、その事件に俺の可愛い人が巻き込まれて命を落とすなんてことは、想像もしてなかった。

俺の可愛い人、クレアが保護対象である異世界人たちと一緒に誘拐されたと聞いたときは、時が止まったように感じられた。周囲の人の言葉なんて全然耳に入ってこないし、自分が呼吸してるかどうかも分からなかった。

誘拐された異世界からの番たちが監禁されている、と特定された屋敷に仲間と共に乗り込んだ。そこまでの記憶はあやふやで……屋敷の中で鼻を刺激した強烈な血液の匂いで我に返った。

俺の可愛い人を捜して屋敷の中を駆け回って、二階奥にある部屋で彼女の匂いを感じた。その部屋に飛び込んで、目に入ってきたのは……切り裂かれた布のようになって倒れている俺の可愛い人と、血塗(ちまみ)れになったライオン獣人、部屋の隅で震えている異世界から来た女の子。

目の前が真っ赤になって、俺はライオン獣人に飛びかかっていた。無我夢中で戦って、自分が傷ついていることも、相手がどんな状態なのかも分からず、大公に止められて気がついたときには、ライオン獣人は動かなくなっていた。

仇(かたき)は取った。でも、俺の可愛いクレアは帰ってこない。

俺は大切な大切な宝物をなくしてしまった。

あの可愛い笑顔は二度と見られない、可愛く俺の名前を呼ぶ声は二度と聞こえない。二度と甘い香りのする体を抱きしめることはできない。

俺の心には大きな穴がぽっかりと開いて、世界は色を失った。

獣人社会では番を守れなかった者は「軟弱者」とか「情けない者」と呼ばれて、蔑まれる。そういう不名誉な獣人を出した家もいい顔をされなくなる。

俺自身そんな風評はどうでもよくて、長兄から籍を抜くといわれてもなにも思わなかった。だって、俺の可愛い人がいない世界なんてどうでもよかったから。

王太子殿下と大公は、自分たちの進めた計画が性急すぎたせいで事件が起きたこと、異世界からの番が大勢死んでしまったこと、その中に菓子作りを教えに行っていた俺の可愛い人が含まれていたことを悔やんで、謝罪してくれた。

彼らが俺の可愛い人を殺したわけじゃないのに。

結局、俺の心には大きな穴が開いたまま……今も大公のそばにいる。他にすることがないから、何をしたらいいのか分からないから。

けれどレイナという名のお嬢さんと話していて、ほんの少しだけ心の穴が塞がった感じがしたから。

俺の可愛いクレアのために泣いてくれた。可愛い人を亡くした俺のために泣いてくれた。その優しい気持ちが、可愛い人を失ってから初めて、ほんの少しだけど心を満たす一滴となった気がする。

「少しでも前向きに話を聞いて検討してくれるよう、おまえやコニーを付けたんだぞ。この世界や獣人に対して、多少は好感を持ってくれたか？　信頼してもいいと思ってくれたか？」

大公はグラスの中身を一気に飲み干し、グラスを突き出してきた。そのグラスに酒を注いでやり、酒瓶の蓋を閉める。ほどほどにしておかないと、執事長の怒りが俺に向きそうだから。

「さて、分かりませんヨ。俺たちはみんな、お嬢さんを傷つけてばっかりですからネ」

「……うむ」

「でもあのお嬢さんは年齢の割に大人ですからネェ」

「大人の対応をしてくれるか？」

「…………無理して大人にならざるを得ず、頑張って己を奮い立たせてひとり立ってる状態だから、ちょっとしたことで心を折ったり爆発したりしそうで怖いんですヨ」

氷の浮かんだ酒を飲んで、頭を抱える大公に向かって聞いてみることにした。俺がずっと気になって、知りたかったこと。

「それよりも、そろそろ教えてほしいんですよネ。お嬢さんの番って、誰なんですカ？」

俺の対応も変わってくるから。


私宛(あ)てに届いた手紙は全部で四通。

そのうち三つは通常サイズで、残るひとつは大きいサイズで中身がぎっちり詰まっていて重たい。

コニーさんが持ってきてくれたペーパーナイフを使って、まずはピンク色の封筒を開けた。差出人は杏奈(あんな)、透かしの花柄が可愛(かわい)い便せんには見慣れた丸っこい文字が並んでいる。

時候の挨拶もなにもなく、唐突に私への恨みつらみ、番であるクマ獣人さんとの暮らしの中での不平不満が書き綴(つづ)ってあるのを読んで、笑いがこみ上げてきた。

杏奈はなにも言わず出国して居場所を教えなかったことに関して、かなり怒っている。さらに、私が王都にいると思って何通も手紙を書いて出したはずなのに、私からの返事が全くなくて凹んでいた。でも、それは侍女さんたちが杏奈の手紙の宛先が私と知って、出してくれてはいなかったことが分かったらしく……それについてもかなりお怒りだった。

番さんとの関係は、いまだ微妙で近づいたり離れたりを繰り返していたらしいのだけれど、私への手紙問題が発覚したことで、番のクマ獣人さんの弟君が私の噂を流し、領地出身のメイドさんたちによって例の噂が王宮を縦横無尽に流れまくったことも発覚。

それもあって、杏奈と番さんの関係は過去最高に悪化してこじれているらしい。

でも、手紙の最後に『義弟のネッドがごめんね。謝って済むようなことじゃないけど、ごめんなさい』と謝罪の言葉が綴られていた。義理の弟、って書いてあって驚く。

杏奈は可愛い見かけに反して、中身は苛烈なタイプ。一度嫌ってしまうと二度と好きにはならない、そういう傾向がある。でも、番さんの弟のことを義理の弟と書いて謝罪の言葉を綴ってるなんて、徐々に番さんのこともその家族のことも受け入れ始めてるんだろう。

杏奈とは、この世界で幸せに生きる努力をする、と約束した。その約束はちゃんと守られているようで、安心した。

追伸に『返事、待ってるから絶対頂戴ね！』と大きく書いてあったので、お返事は必須だ。

他の二通は真っ白い封筒に入っていて、ひとつは私の保護官であるトマス・マッケンジー氏。もうひとつは私の面倒を見てくれていたリス獣人の侍女、マリンさんから。

内容は見なくても予想がついていたけど、全く裏切らない内容だった。

私がいなくなって心配したこと、無事でよかったこと、王城での噂についての謝罪だ。王都に戻って顔を合わせることを楽しみにしてる、と締めくくられていた。

トマス氏やマリンさんに対して嫌悪感なんてない。むしろ面倒を見てもらったことを感謝してる。だから心配をかけてしまったことは、素直に申し訳なく思う。お礼をいいたい気持ちもある。でも、あのときの私は結構追い詰められていて……トマス氏やマリンさんに助けを求めよう、というところにまで思考が回らなかったことを許してもらいたい。

最後に分厚い大型封筒を手にした。差出人はランダース商会で、一瞬封を開ける手が止まる。商会から封筒がはちきれそうなほど、なにを送ってくるのかさっぱり分からない。

中身を知りたいけど、内容が怖い。

しばらく分厚い封筒を手に迷っていると、コニーさんが温かいお茶のお代わりを淹れてくれた。

「無理に中身を確認しなくてもよろしいのでは？」

「……うん、でも、中身が気にならないわけじゃないの。今更ランダース商会がなにを送ってきたのか、知りたい。でも、ちょっと怖い」

ランダース商会に対する今の私が持っている印象は複雑のひと言に尽きる。商会で一緒に働いていた人たちのことは大好きだ、みんなで頑張って働いていたことは私にとって良い経験になったし、この世界に暮らしている人たちを知る機会にもなった。

マリウスさん、グラハム主任、バーニーさんには特にお世話になったし、お兄さんのような親戚のような、そんな感覚も勝手ながらに抱いた。でも、商会長夫人であるマダムヘレンが私にしたこと、それを容認した商会長に対しては微妙な気持ちだ。

ふたつの気持ちが混じっているから、私の胸の内はモヤモヤとしている。

「ええいっ！」

私はそういいながらペーパーナイフを封筒に差し入れ、勢いよく封を切った。そして大型封筒を逆さまにすると、中から通常サイズの封筒がたくさん出てきた。白、ピンク、青、クリーム……色とりどりの封筒は庶民がよく使う紙質のもの。

白色の封筒を手に取ると、差出人名に〝マリウスとハンナ〟と書かれていて、青いものには〝グラハム〟、クリーム色のものには〝バーニー〟と知った名前が書かれていた。

「みんな……」

中身はどれも私を案じるものばかりだった。突然いなくなったことや、仕事を途中で放り出してしまったことを書いている人はひとりもいない。

やっぱり、私は商会で働くみんなのことが好きだ。一緒に働けてよかった。

「よかった、商会のお仲間さんからのお手紙だったのですね。それにしてもたくさんあります、お返事を書かれるのが大変ですよ！」

「そう、だね。明日からお返事を書くよ、便せんとインクの用意をお願いしても？」

「はい、可愛い品をたくさん用意しますね」

私は次の日から、大公家で用意してもらった文具を使ってお返事を書いた。とにかく量が多いので、時間がかかったし大変だったけれど……みんなから送られてきた私を案じる気持ちへのお返しだと思えば、苦痛でもなんでもなかった。

結局、王都への出発ギリギリまでお返事を書き続け、書き上げることができた。

杏奈とトマス氏とマリンさんへのお返事は先に書いて出してもらったので、私が王都に到着する前には届いているだろう。

ランダース商会のみんなへのお手紙は、外国へ届けることもあって時間がかかりそうだ。とりあえず、無事に届いてくれればそれでいい。

お返事を書いている途中で、キムからランダース商会の話を聞いた。

マダムヘレンが私を息子の番さんに対する隠れ蓑と盾にしていたことは、公になったらしく（貴族のご令嬢たちが私にした嫌がらせなんかも公になって、社交界に広がったらしい）、いくら番が大事、という獣人さん社会であっても関係のない私を盾にしたことに非難の声が多くあがっていて、マダムヘレンと旦那様はランダース商会の商会長の座を引退したようだ。

ご長男夫婦が後を継いで、商会の海外取引事業などあちこちの事業や取引を縮小することになったらしい。

商売は信用が大切だし、マダムヘレンのしたことに対して非難の声が大きいのなら……ランダース商会は今後、順風満帆な経営とはいかないかもしれない。

あの商会に対する思いはやっぱり複雑だけれど、潰れてほしいわけじゃないし、みんなが仕事をなくして路頭に迷うところなんて、絶対に見たくない。

でも、きっと私の知る商会のみんななら乗り越えられると思う。というか、乗り越えてほしいと思う。乗り越えられると、信じている。

第三章 王都ファトル帰還

月が変わって、本格的に寒くなってきた。もう二週間もすると雪が降り出して、移動が難しい季節になるのでそれまでに移動を完了させるのが冬の基本らしい。

年末と年始は王宮での行事がたくさんあって、大公閣下夫妻は参加が義務づけられているので毎年この頃にレリエルから王都に出発して、春になるまで王都で過ごすのだと聞いた。

王都に向かう馬車は三台。先頭は大公閣下と奥様、乳母と生まれたばかりのお嬢様。次にキム、ルークさん、コニーさん、私の乗る馬車。その後ろに執事長と侍女と、荷物をのせた馬車。

三台の馬車を守る護衛騎士たちは鎧甲冑（よろいかっちゅう）姿に剣や槍（やり）を持って、立派な二本の角が生えた大きな馬に乗っている。

本来なら三日ほどで王都まで到着できるけれど、奥様と生まれたばかりのお嬢様もいらっしゃるので、四日から五日をかけてという余裕を持った行程だ。途中こまめに村や街にも立ち寄るし、泊まる宿も立派なところで食事も豪華。快適な旅路になった。

こんな快適な旅はもう経験できないだろうから、高級な馬車も綺麗（きれい）な宿も堪能したけれど、これに慣れてはいけないと気を引き締める。

私ひとりの旅路は辻馬車（つじばしゃ）か徒歩、宿は最低ランクのものになるだろうから。

レリエルを出発して四日と半日をかけて、三台の馬車はフェスタ王国の王都ファトルに入る。

私は、帰ってきた。この世界に呼び出されて、最初に立った街に。

王都での滞在先は大公閣下のタウンハウスだった。

王宮にある空き室にでも放り込まれるものだと思っていたから、タウンハウスに連れていかれて、客間を用意されていたことにとても驚いてしまった。でも、同時に安心もした。

いきなり王宮の一室に入れられて、また噂（うわさ）が飛び交う場所にいなくちゃいけないのかと思っていたので……ほっとした。

そしてどうやら私は身分の高い人と会って、話をする予定になっているらしい。その方の都合がつく日時に、指定の場所に行くことになるようだ。

一体誰となんの話をすることになるんだろう？

その場には大公閣下やキムが同行、同席してくれるとのことだけれど、落ち着かない。

あれこれ考えても仕方がないことを考えては落ち着かず、緊張しながら二日ばかり過ごして三日目の朝。

「レイナさん、朝食の後はコニーの指示に従ってください」

イーデン執事長が朝食のときにそういった。「はい」と返事をしながら分かってしまった、きっと王宮に行くんだと。

朝食のあと、コニーさんに案内されたのはお風呂場。大公閣下に初めてお会いしたときと同じように、頭の先から足の爪の先まで丸洗いされて、お肌や爪の手入れまでされてヘトヘトになる。

その後、スモーキーブルーのドレスにキラキラ輝く白い毛皮のショールを羽織り、髪も青色のリボンと一緒に編み込んで綺麗にまとめられた。ドレスは大公夫人のお下がりだと聞いて、すごく恐縮した……絶対汚したら駄目なやつ。

アクセサリーは手首の白花ブレスレットと胸に付けた花型コサージュのみ。リアムさんから貰った髪飾りはさすがに服装に似合わないから今回はなしだ。

「本当は正装に当たるドレスを着なくちゃいけないんじゃないの？」

タウンハウスから王宮に向かう馬車に乗るとき、エスコートしてくれたキムに聞いた。

キムはいつもどこか服を着崩している格好なのに、今日はきっちりとした服装だ。騎士のような軍人のような、きっちりとしているけれど華やかさのある襟の詰まった黒色の服装。

「大丈夫、お嬢さんは異世界からの番なんだからサ。すごいドレスとか着なくても大丈夫。それにその格好似合ってるヨ。すごくキレイだから堂々としてたらいいサ」

「確かによく似合っている。妻が若い頃に着ていたものだが、キミのために誂えたかのようだ」

大公閣下にも大丈夫といってもらえてホッと息をつけば、馬車は王宮に向かって走り出す。貴族街の綺麗な街並みが流れていく。

「さて、王宮に着いたらキミには数人の者と会ってもらうことになる。まずは、王太子殿下と第三王子殿下」

王子様!? ただでさえ高い身分の人と会うなんて緊張するのに、よりにもよって王子様がふたりもなんて！

「お嬢さん、そんな嫌そうな顔しないでヨ」

「だって、王子様なんて関係ないじゃない？」

「関係があるから面会をするんだ。その後で、キミの番である獣人の家族。詳しくいえば、番の兄と妹と従妹だ。最後に番本人」

番さんのご家族と……私の番さん本人とも会うのか。

なんだかすごく緊張する。王子様に会うのも当然緊張するんだけど、やっぱり番さん本人に会うっていうのが一番緊張する。会って、なんて言われるんだろう？　だって、私を必要としなかったからお披露目会のときに来なかったわけで。私自身もそれに納得してるっていうのに、今更会ってなにを話せばいいのかさっぱり分からない。

「……そう不安そうな顔をするな。難しく考えることもない。緊張するなというのは無理があるだろうが、おそらく向こうの方がずっと緊張しているだろうからな。相手の話を聞いてやる、くらいの気持ちでいればいい。それから、マッケンジー上級文官や担当侍女とも顔を合わせておくように。心配していたからな」

「はい」

「ほら、笑顔笑顔だヨ！」

キムのふんわりした尻尾が私の鼻を擽る。前にもこんなことがあったな、と思った瞬間鼻がムズムズした。

「ヘックシュイ！」

「あはは、相変わらず可愛くないくしゃみだネ」

大公閣下の前でくしゃみをさせられて、笑われて、私は恥ずかしさと怒りで膨れっ面を披露してしまった。でも、くしゃみのお陰で私の緊張は少しばかり緩んで……大きく息が吸えた気がする。

大公家の馬車は滑るように城下を走り、王宮へと進む。

真っ白い石造りのお城はドイツにあるどこか堅牢な雰囲気で、藍色の旗が掲げられているのが見えた。その背後には女神の大樹がそそり立っている。

この世界に呼び出されて、しばらくの間このお城の敷地内にある南離宮とか職員用の寮に暮らしていたのに、初めて見る景色だ。

「女神の大樹って、なんだか光っているみたい」

ハワイの公園にある大きな木にどこか似た女神の大樹は緑の葉っぱをたくさん茂らせていて、その周囲は黄緑色から黄色、そして金色にグラデーションがかって発光しているように見える。

「実際光ってるんだヨ、あの輝きが女神様のお力……なんだってサ」

「レイナ、なぜ初めて見たような感想なのだ？」

「え……初めて見たからですが」

大公閣下は私を見て呆れたようにため息を零す。

どうやら最初にここへ来た当時の私は、私が思っていた以上にテンパっていたらしい。全く周囲を見る余裕なんてなかったのだ。

改めて見た女神の大樹は、想像以上に大きく光り輝いて神々しい姿をしていた。

フェスタ王国のお城の中は外観と同じく、白色で統一されていた。床にはグレーや茶色なんかの落ち着いた色合いのタイルで模様が描かれていて、壁には綺麗な絵画が飾られ、花瓶に生けられた

花は豪華絢爛（けんらん）、窓には藍色のたっぷりとしたカーテンがかかる。

　離宮にはない豪華さに私は落ち着かなくなるけれど、周囲の雰囲気もそれに追い打ちをかけてくる。働いている全ての人たちが忙しそうにしているからだ。

「今、城を支える者たちは忙しいのだ。一年の締めくくりとなる王家主催のパーティーが開催されるからな」

「ああ、皆さん準備で忙しいんですね」

　そういえば、大公閣下とご夫人も出席しなくちゃいけないパーティーがたくさんある、と王都に来たんだった。

　そんな忙しい時期に私と会う時間を作るなんて、すごく大変だっただろうに。けど、それなら長い時間が作れるわけがないので、私が思っているよりも短い時間でササッと終わるかもしれない。

　トラ獣人の侍従さんに案内されて、客間に到着したのはいいけれど……絶対ひとりではお城から出ることすらできそうにない。

「殿下方はすぐに参りますので、こちらでお待ちください」

　客間は豪華な調度品で溢（あふ）れ返っていた。

　部屋の中央には大きなシャンデリア、その下にある黒いテーブルと椅子は、触ったら指の跡がくっきり付きそうなくらい艶々（つやつや）と輝いている。テーブルセットののる絨毯（じゅうたん）はふわふわと毛足が長く、お菓子のカスなど絶対落とせない感じで、飲み食いなんてできるわけない。

「なに、どうしたっていうのサ？」

「部屋が豪華すぎて……」

私の返事に大公閣下は笑って、なんの躊躇(ためら)いもなく艶々した椅子に座った。キムも艶々に光る椅子を引いて「ここに座りなヨ、お嬢さん」と手招きする。

やっぱり、身分の高い人とは相容(あいい)れない部分がある。

そっと椅子に座ると、メイドさんがお茶とお菓子を運んできてくれて、優雅にサーブしてくれた。

透き通った琥珀(こはく)色が綺麗な紅茶に、宝石のように輝くプチケーキ。普通の場なら美味(おい)しくいただけるだろうに、今の私は手を出すことができない。

「どしたの、食べないのかナ？　ケーキ好きだよネ」

「……無理」

「そんな緊張しなくても大丈夫だヨ」

「……無理」

今からこの豪華な部屋で誰と会うと思ってるの？　この国の王子様だよ!?　緊張するなって方が無理。

ノックの音が部屋に響き、扉がゆっくりと開いた。

体が震えるほど緊張して長い時間を過ごしたと感じていたけれど、時計を見れば十分も経(た)っていなかった。

開いた扉からふたりのトラ獣人さんが入室する。

服装はシャツにジャケットとパンツというラフな格好だけれど、その素材や仕立てなどは超一流品。フェスタ王国のお城でこんなラフな格好が許されるなんて、王子様たちに決まってる。

大公閣下が立ち、キムが一歩下がって一礼し、私も慌てて立ち上がって頭を下げた。

「ああ、やめてくれ。この場では我らの方が謝罪する立場なのだから」

私の前までやってきた方はそういって、顔を上げられないでいる私の顔を強引に上げさせた。目の前には、白と黒の毛に水色の瞳を持ったトラ獣人さんがいる。

「初めまして、異世界からの番殿。私はフェリックス・エインズリー、この国の第一王子をしている。そして、こちらが我が末の愚弟」

「第三王子イライアス・エインズリーだ」

第一王子の斜め後ろに立つ王子は明るい金茶と黒の毛並みで、大公閣下と少し似ている感じがする。彼らは従兄弟なのだから、似ていてもなんの不思議もない。

「あ、あの……レイナ・コマキと申します」

震える声で名乗って、スカートをつまみ上げるようにして一礼した。

「いろいろと申し訳なかったね、レイナ嬢。どうか座って、落ち着いて今までの謝罪とここに至るまでの状況説明をさせてほしい」

第一王子は私を椅子に座らせて、自分は大公閣下の隣に座る。第三王子はテーブルの脇に立ったまま、座ろうとはしない。

「は、はい」

「さて……レイナ嬢、大変申し訳なかった。あなたにはこの世界に招かれてから、辛い思いをたくさんさせてしまったな。これも全て、愚弟の甘い考えと行動から始まったことだと思うと、いくら謝罪してもしきれない」

そういうと第一王子は第三王子に向かって「おまえからもしっかり謝罪しろ」と呟き、第三王子は絨毯の上とはいえ両手両膝をついて額を床に擦りつけた。

「申し訳なかった」

これは、日本に古来より伝わる伝統謝罪、土下座。なぜ、フェスタ王国第三王子殿下が土下座を？

私は理解が追いつかず、おろおろとしてしまった。

「殿下、気持ちは分かりますが、いきなりドゲーザをしてもレイナ嬢からしたら意味が分からないですよ」

「そうですヨ、怯えさせないでくださいネ」

大公閣下とキムが助け船を出してくれて、第一王子はまた「申し訳ない」と第三王子を自分の後ろに立たせた。

「……では時間もないので、説明をさせてほしい」

「はい」

「レイナ嬢、キミの番がお披露目会の会期中に迎えに来ることができなかった件、それには理由がある。彼にはすでに愛する者がいて、キミが必要なかったとかいうデマのことは忘れてほしい」

「デマ、なのですか？」

王宮に勤めている間にさんざん聞かされたことだ。

私の番にはもう心に決めた相手がいて、番避けの装飾品を身に着けて幸せに暮らしている、だから私のことを迎えに来ないのだ。獣人が番を迎えに来ない理由は、他にないと。

「そうだ。イライアス」

第三王子は一歩だけテーブルに近づくと、私に軽く頭を下げた。金色の瞳が不安げに揺れている。

「俺が海外に留学していたことは、知っている？」

私は首を縦に振った。

確か私がフェスタ王国を離れる日に、港町で留学していた王族が乗っているという大きな船を見た。白くて大きな帆船で、有名海賊映画に出てくる船みたいだって思った記憶がある。

あの大きな帆船に乗って帰国したのが、目の前にいる第三王子だったんだろう。

「……キミの番は、ユージン・オルコック。俺の側仕え兼護衛として、クレームス帝国への留学に随行していたんだ」

「……え」

「ユージンはこの国にいなかったから、迎えに行けなかった。決して、キミがいらないとか思っていないし、キミを蔑ろにするつもりもなかった。純粋に迎えに行ける距離にいなかったんだ」

早口に言うと、第三王子は黒色の耳を伏せ項垂れた。

「留学は、当初の予定ではお披露目会が始まる二ヶ月前には終わって帰国するはずだった。だから、ユージンはお披露目会初日にキミを迎えに行く……はずだった」

「それが、留学先であれこれ見て聞いているうちに、あれも知りたいこれも見たいと愚弟が欲を出してしまった。結果、当初十ヶ月程度を予定していた留学期間を大幅に超えてしまったのだ」

第三王子の絞り出すような告白に、第一王子が言葉を添えた。

「なるほど、それでオルコック殿はお披露目会の会期中に帰国することができなかったんですネ。それとも、女神のお告げが随行中にあったとかですかネ？」

「いいや、ユージンはレイナ嬢が招かれる二年前に女神のお告げを受けて、二度お披露目会に顔を出している。レイナ嬢は二回ともこちらに招かれていなくて、三回目である今年こそ会えるだろうと話していた」

そういえば、女神様のお告げにはタイムラグ的なものがあって、一年から三年の誤差があるって聞いていた。私の番さんはすでに二回、私を迎えに来てくれていたようだ。

「へええ！　じゃあ、イライアス殿下は今回こそ番と出会えるっていうオルコック殿を連れて、留学に行ったわけなんですネ？　それを承知していて、留学期間の延長をしたんですネ？　へええええ！　へえええ！」

「うっ、それは……」

「どうせこっちの世界に来たのなら、番は他に行くあてもなし、迎えに行くのが遅くなったとしても、王宮に留まって待っててくれるから大丈夫、とか思ったりしたんじゃないんですかネ？」

「……うぐ」

「キム、側仕え兼護衛を留学に伴うのは当然のことだ、そこはイジメてやるな」

大公閣下の言葉に、キムは肩を竦めて黙った。でも、不機嫌そうに尻尾が揺れているのが見える。

「……その、すまない。誤解しないでほしいんだが、ユージンはキミに会えるのをとても楽しみにしていた。留学が延びてお披露目会に間に合わないって分かったときは、本当に悲しそうだったし、怒ってもいた」

「でも、その……そういうときは事前に連絡が入るものだ、と聞いています。その、番さんからの連絡は入っていなかったはずですが」

もし、お披露目会の開催中もしくは閉会後にでも、迎えが遅くなることの一報をトマス氏に入れておいてくれたなら……私の王宮での立場は全く違っていたんだろうと思う。

最低でも、私を宝珠の館に入館させよう、と表立っていう人は出てこなかったし、杏奈の番さん家族やお仕えしてる人たちから悪意を持った目で見られることもなかった……かもしれない。

「そのことについても、手紙をちゃんと出したんだ！」

「え？」

第三王子はジャケットの内ポケットに手を入れ、一枚の紙きれを取り出した。それを艶々と輝くテーブルの上に叩きつけるようにのせる。

折り目も深くついた少しくたびれた紙きれには、留学先であるクレームス帝国の街からフェスタ王国にあるオルコック家に宛てた手紙を発送したことが書いてあった。

紙きれは郵便局員さんが正式に発行した受領証のようなもので、お披露目会の初日より前の日付で受け付けられている。

「…………だが、手紙は届いてなかった？」

大公閣下は形のいい眉を顰め、紙きれを手に取った。

その証明書が手紙を受け付けたことを証明している。番さんは手紙を出した、でも、それはフェスタ王国の王宮でお披露目会を仕切っていたトマス氏の元には届かなかった。

この世界で海外からの郵便物が行方不明になることがどのくらいの確率であることなのか、私には分からない。現代日本なら郵便物の追跡も可能だけれど、こちらでは難しいのかもしれない。

「届いていない手紙なんて、ないのと同じですよネ？」

「キム、イジメるな」

「はいはい」

キムは私の背後に立って、必死の第三王子を見下ろして無言の圧をかけることにしたようだった。いじめっ子体質で性格の悪さがにじみ出ている。

「……それは、その通りだ。俺が予定通りに帰国していれば、レイナ嬢を傷つけることも、辛い思いをさせることもなかった。ユージンは当初の予定通り、お披露目会の開催と同時にキミを迎えに行って求愛していた。そうすれば、ファルコナー伯にキミが大ケガをさせられるようなこともなかっただろう」

「ファルコナー伯と番殿の仲がこじれるようなことも、なかっただろうな」

「うっ……兄上」

「全て、おまえの身勝手さが最初の発端なのだ」

「も、申し訳ありませんでした」

顔を青くした第三王子は、耳を髪の中に隠れてしまうほど伏せ、深々と頭を下げた。

「レイナ嬢、こういうわけだ。本当に申し訳ない」

「……いえ」

なんといって返事をしたらいいのか分からない。

第三王子のしたことが原因だといわれれば、そうなんだろうと思う。でも、同時に思うのは、私には関係ないということだ。

第三王子が外国に留学して、期間を延長してまでいろんな勉強をしてきたことは凄(すご)いことだと思うけど、私には関係ない。

お披露目会の会期中に帰国が間に合わなくなることが分かって、そのことを手紙にして出してくれたけど……結果届かなかったことも、私には関係ない。

「……今更謝罪されても、レイナ嬢が困るだけだね」

私の胸の内を見透かしたように、第一王子は苦笑いを浮かべた。

「レイナ嬢、この後キミは関係者に会って話というか、言い訳を聞くのだろう？　きっと、誰になにを言われても〝今更〟と思うのだろうね。だから全ての話を聞いて、全てを知った後でキミの希望があったら、私に教えてほしい。できる限り、叶（かな）えると約束するよ。それしか、キミに償う方法がないからね」

そういって次の予定が詰まっている第一王子は席を立ち、萎（しお）れてしまった第三王子を引き摺（ず）るように連れて客間を出ていった。

「茶を淹（い）れ直して、少し休憩しよう。次に来るのはオルコック伯爵とその妹君、それから従妹だ。何度も言うようだが、緊張する必要はない」

大公閣下は緊張するなとかいうけど、無理だから。伯爵様と妹令嬢、それに従妹の令嬢？　私にとって、貴族のご令嬢は鬼門だ。

「悪いが所用があって私が付き添えるのはここまでだ。あとは護衛にキムを残していくし、廊下には侍女も騎士も控えている。なにもないとは思うが……話だけは聞いてやってくれ」

「……はい」

大公閣下と入れ替わりにメイドさんがやってきて、お茶を淹れかえてくれる。バニラのような甘い香りのする紅茶だ。

「まあ、とりあえずケーキ食べなヨ。この赤い果物、好きだよネ」

キムがお皿から取ってくれた、イチゴに似た果物ののった美しいケーキは見た目も綺麗で、味も美味しかった。

さすが王宮シェフの作るものは違う、とケーキに集中してこの先にある面倒ごとを無理やり忘れようとした。思ったように、上手くはできなかったけれど。

閑話 フェリックス・アダム・エインズリーの憂慮

番である獣人がお披露目会の会期中に迎えに来ず、取り残された異世界からの番。その後、見知らぬ世界であるにもかかわらず、ひとりで国から飛び出し他国で生活していたという。二重の意味で前代未聞といわれた本人は、実際に会ってみればごく普通の女性だった。

異世界課の職員として心ない噂が飛び交う中でも真面目に働き、多くの書物を翻訳し、残された品の解説をして、一部の品に関しては使えるようにもしてくれたと聞いている。

王宮を出てからはウェルース王国を本拠地とする商家の者たちと共に国を出て、ウェルース王国で生活をしていたとも聞いた。

彼女が働いていた商会は、彼女の助言や翻訳、通訳によってポニータ国やファンリン皇国からの輸入品でひと山もふた山も儲けたようだ。

黒い髪はこちらの女性としてはいまだ短いが、以前は罪人のように短かったと聞いているらしい。

こちらの風習に合わせて伸ばしているのだろう。こちらで知り合いや友人関係を構築し、生活習慣や文化と自分の持つ習慣や文化との擦り合わせをしながら、己の足で立って前へ進もうとしている様子がうかがい知れる。

彼女は、自立しようとしている。

番である獣人との婚姻による保護や、こちらが用意した者の手助けがなくとも、見知らぬ世界にあって己の足で立とうとしているのだ。

「兄上……その、本当にすみませんでした」

私の後ろを大きな体を縮こませながらついてくる愚弟は、見るからに凹(へこ)んでいる。

「その謝罪は私にするものではない。番を迎え損なったユージンと、その影響を一番受けたレイナ嬢にするべきものだ」

「はい。……でも……」

「言葉で何度謝罪しても、どうにもならん。それはおまえも十分分かっているだろう?」

「……はい」

末の弟は小さく未熟な状態で生まれ、幼い頃は何度も体調を崩しては両親と医師を振り回していた。そのため、両親をはじめ周囲にいる乳母、侍女、侍従、メイドに至るまでが末の弟を甘やかし、大事に囲い込んで育てた。その結果が、コレだ。

末の弟は大らかで細かなことは気にしないような、要するにあまり物事を深く考えない甘ったれた男になった。基本的に優しく気の良い男だから、皆それを受け入れて支えているが……物事を深く考えない部分が今回の出来事を引き起こしたのだ。

留学先で見たいもの、知りたいことがたくさんあったことはいい。それを学ぼうとしたことだっていいことだ……だが、留学期間を延長することでなにが起きるのか、そこをしっかり考えなくてはいけなかった。

そもそも王子という立場にある愚弟が言い出すことに「否（いな）」といえる者は全くいなかったのだ。留学を延長したいといわれれば、それに従うしかない。

「こんなことになっているなんて……、全然思っていなくて。まさか、ユージンの番がお披露目会で大ケガさせられて、その後は城で働く者たちに酷（ひど）い噂を立てられてイジメを受け、国を出ていってしまうなんて」

愚弟は立ち止まり、両手で頭を抱えた。

「レイナ嬢が大ケガをしたことはおまえの責任ではないけれど……まあ、もう一度いうがおまえが予定通り帰国していれば、ユージンは彼女を会期中に迎えに行くことができただろう。そうしたら、ファルコナー伯もカッとなることはなかった、かもしれないな」

「……ううっ」

「イライアス、もしこうだったらなんていう話をいくらしても意味がないぞ」

「…………はい」

「何度その話を繰り返しているんだ？　不毛だぞ」

背後から従弟（いとこ）であるクリスティアンの声がかかり、私は振り返った。愚弟と同じ年の従弟は彼の頭をガシガシと乱暴に搔（か）き混ぜる。

「レイナ嬢の様子はどうだ？　弟のしでかしたことの事情を踏まえて、ユージンと連れ添ってくれそうか?」

「どうかな、分からない」

「そんなぁ……」

愚弟が泣きそうな情けない声をあげ、クリスティアンがさらに頭をガシガシと掻き混ぜる。

「そうか、すでに自立し始めているものな。あの年頃の娘さんだから、全ての事情を話せばもしかしたら絆(ほだ)されて納得してもらえるかもと思ったが」

「甘いな」

クリスティアンは首を左右に振った。

「あの子は何を言われても〝今更〟としか思わないだろうよ。今日ここに来て話を聞くことも、この世界に呼ばれてフェスタ王国で過ごして自分の受けたことに関しての区切りをつけるため、のようだし」

「……そうか」

「それより、あの子が何を願うのかにもよるが……せめてこの国から永遠に出ていくことがないように動いた方がいい。それからオルコック家の立場では、ファルコナー家に対して強く出られないだろう。そちらに手を回してもいいか?」

ファルコナー家もオルコック家も同じ伯爵位だが、その中での格が違う。ファルコナー家は代々国境の街を守る領主だが、オルコック家は領地を持たず文官や侍従を輩出している宮廷貴族ではあるが、歴史は浅い。

ファルコナー家の当主が起こした暴力事件だが、被害者であるレイナ嬢が異世界から来た者であっても、オルコック家の次男の番では強くは出られないだろう。

「ああ、アディンゼル大公家からひと言あればファルコナー家も素直に謝罪し、見舞金をケチるようなこともしないだろうな。年末のパーティーでは、私も声をかけておこう」

執務室に向かって足を進めると、クリスティアンが横に並ぶ……が愚弟のついてくる気配がない。

「……イライアス？」

振り返ると、愚弟は項垂(うなだ)れたまま廊下に突っ立っている。

「兄上」

「なんだ？」

「ユージンは、ユージンはどうなるのですか？」

「ん？」

「お、俺が勝手したせいでお披露目会に間に合わなくて、ファルコナー伯が短絡的に暴行事件を起こして彼女を傷つけて、さらに妙な噂を流したせいで彼女がここから出ていくほど傷ついた……でも、それはユージンのせいじゃない」

「そうだな」

「ユージンは番に会えるのを楽しみにしていた、手紙を送って、贈り物も送っていた。戻ってからだって、彼女を捜して、家格が上のファルコナー家に抗議だってしてした。彼女を大事にするつもりがあったし、実際できることをしていた」

「そうだな」

「なのにっ！　彼女がユージンを受け入れないなんて、そんなこと……っ！」

私は愚弟の元に歩み寄り、その頭を優しく撫でた。愚弟のいいたいことは理解できる。

ユージン・オルコック、彼自身に落ち度はない。お披露目会に間に合わなかったことは愚弟に責任があり、彼は王宮にも番本人にも手紙を送り、番に対しては愚弟の留学先で手に入れた贈り物をこまめに送っている。

帰国後、担当文官の元へすぐさま迎えに出向いていることからも、番をきちんと受け入れるつもりがあったことは分かっている。行方が分からないと知ってからは、あちこち捜して回り、暴行事件を起こしたファルコナー家に対しても、格上と承知で抗議文を出し、謝罪を求めている。

「ユージンは、番に対して……誠実に……」

「そうだな。それでも、いろいろとありすぎた。ユージンを受け入れるかどうかは、レイナ嬢次第なのだ。そこは、誰も彼女に強要できない」

愚弟は泣き崩れて侍従と護衛騎士が慌て、クリスティアンと私のため息が廊下に零れた。

第四章　ふたりの令嬢

ふたりの王子様と大公閣下が客室を出ていってから一時間ほど経って、私がお茶とケーキを貰って落ち着いた頃に侍従さんがお客様を連れてやってきた。

私の番さんであるユージンさんのご家族。

番さん本人と会うっていうのは分かるんだけど、どうしてその前にご家族と会うことになっているのか？　私にはさっぱり分からない。

案内されて客間に入ってきた三人は、今から処刑でもされるのかってくらい顔色が悪かった。着ている服が黒やら焦げ茶の暗い色合いだったので、余計に顔色が青く見えて……この人たち、もうじき死ぬの？　って感じの雰囲気を醸し出している。

「オーガスタス・オルコックと申します。レイナ様の番、ユージン・オルコックの兄でございます。この度は、大変申し訳ありませんでした」

色の濃い茶色の毛並みを持ったオオカミ獣人の伯爵は、部屋に入るなり頭を下げた。隣にいたふたりのご令嬢もならうように頭を下げる。ご令嬢のひとりは人間で、もうひとりは獣人だ。

「妹のクローディア・オルコックと申します」

「従妹（いとこ）のアデラ・エーメリーでございます」

クローディア嬢はオオカミ獣人、アデラ嬢は人間だ。ふたりとも、十六、七歳くらいの若いご令嬢で、もっとピンクとかクリームイエローとか可愛（かわい）い色合いのドレスが似合うだろうに、焦げ茶色のシンプルなワンピースを着ていて、校則の厳しい昔ながらの女子高の制服みたいでなんだかやぼったい。

「レイナ・コマキです」

私が名乗ると、後ろに控えていた侍女さんが大きな箱と小さな箱のふたつを運び込んできてテーブルの上にのせた。

「……これは？」

キムが尋ねると、伯爵は小さな箱の蓋（ふた）を開けた。

中には手紙の束が入っていて、全て封が開いているようだ。

「この手紙は、全て殿下の留学に随行していた弟ユージンからレイナ嬢に宛てたものです」

「はい……？」

手紙？　当然私はそんなもの貰ったことはないし、読んだこともない。そもそもこの手紙は私宛てなのに、全部開封されている。

「この中には王宮にいるお披露目会担当官宛ての、お披露目会の会期中には帰国ができず、レイナ嬢をお待たせしてしまうことについての手紙も入っておりました」

キムは箱の中に手を伸ばし、手紙の束からトマス氏に渡るはずだった手紙を抜き出した。

「なぜ、王宮に行くはずの手紙がここにあるんですかネ？　それに、レイナ嬢宛てのものがなぜ開封されているんですかネ？」

「それは……」

部屋に入ってきたときから悪かった顔色が一層悪くなる。青色から色が抜けて白くなっていく。

「も、申し訳ありませんでした」

深々と頭を下げたのはクローディア嬢、私の目から見ても体が震えているのが分かる。

「私のせいなのです、クローディアは私のためにと。もとは私のせいなのです、申し訳ありません」

追いかけるように隣にいたアデラ嬢も頭を下げて、震える声で謝罪した。

「……あの、説明をお願いしても？　なにに対しての謝罪なのか、さっぱり分からないです」

「それは……ユージン兄さまが、いなくなってしまうと思って。それを阻止しなければと思って」

うん、分からない。

妹さんらしきものが説明をしてくれたけど、理解が追いつかない。お兄さんがいなくなることを阻止したかった、から？　手紙を横取りして隠したの？

私が説明してほしいのは、トマス氏や私宛てに送られてきた手紙を途中で回収して、本来の宛先に届かなかった理由。ユージンさんがいなくなるのを阻止するため、といわれても理解ができない。

もしかして理解できないのは私だけなのかとキムを見上げるも、見上げられた方も首を傾げていたので理解できないのは私だけではないらしい。

「すみません、分かりません」

素直にいえば、クローディア嬢はショックを受けた様子で大きな青い瞳に涙をいっぱいためた。

「その、ユージンは次男ですから家を出る立場にあります。貴族の次男三男は、文官なり騎士なりの仕事を決め、生家を出て自立の道を歩むことが多いのです」

「そのユージンさんはお披露目会で私と出会う、それを機会にオルコック家を出て独立する予定だったということですか？」

お兄さんである伯爵に尋ねれば、頷いてくれた。

「貴族の家ではよくあることです。次男には受け継ぐ爵位がありませんから、ユージンが家を出て自立することは、あの子が子どもの頃から決まっていたことです」

「はあ、そうなんですね」

「私はっ……ユージン兄さまと一緒にいたい！　次男だから出ていけなんてひどいわっ！　だから、だからせめてユージン兄さまを愛してくれているアデラと結婚して、近くにいてほしかったの！」

クローディア嬢が叫び、私は視線をアデラ嬢に移した。真っすぐに伸びた金髪にヘーゼルの瞳が綺麗（きれい）な令嬢だ。

「私は子どもの頃からずっとユージン従兄（にい）様が好きで、番ではなくても一緒にいたいと思っていました。だから、ユージン従兄様に女神様のお告げがあったと聞いたとき……すごく悲しかった」

アデラ嬢は焦げ茶色のやぼったいワンピースのスカートを両手でぎゅっと握り込んで、涙を零（こぼ）した。大きなヘーゼルの瞳から長いまつ毛を濡（ぬ）らして大粒の涙が零れる様子は、すごく庇護（ひご）欲を煽（あお）られる。恋愛小説やドラマのヒロインみたいだ。

「お告げがあった年、お披露目会であなたとは出会えなかったとユージン従兄様はがっかりなさっていた。来年は会えるって皆さん声をかけていらしたけれど、私は会えなかったことが嬉（うれ）しかった。安心したわ、ユージン従兄様はこの先一年間は誰とも結婚しないって」

アデラ嬢は本当に心の底からユージンさんが好きだったんだ、そう思う。

「でもそのとき気がついたわ、お披露目会でふたりが出会ったら……ユージン従兄様はあなたと結婚して、オルコック伯爵家を出ていく。でも、このままユージン従兄様があなたと会えなければ、私との縁もあり得るかもしれないと」

「……アデラは子爵家の跡取り娘なのだから、ユージン兄さまが婿入りすればいいと思ったわ！　貴族籍でもいられるし、アデラも好きな人と結婚できて幸せになれるもの。あなたとユージン兄さまが出会わなければ、みんな幸せになれるの！」

お嬢様方の告白を聞いて、一番ショックを受けているのはおそらく伯爵様だ。きっと、妹と従妹（いとこ）がなにを考えていたのか、その考えに基いて行動していたことは衝撃的だろう。

伯爵様は「そんな、……何度も説明したのに」と小さく呟（つぶや）いては、ふたりのご令嬢を交互に見つめている。

「それで、ふたりが出会わなければいいって、そうしたら自分たちの希望を叶えられるって思ったんだネ？　イライアス殿下に随行して国外に出たユージン殿から送られてくる手紙を勝手に回収して、王宮文官の手にもこの子にも届かないようにしたってことでいいですかネ？」

　キムがため息交じりにいい、客室はなんともいえない冷えた空気に満たされた。

「クローディア、アデラ……おまえたち！　何度説明すれば分かるのだ！」

　伯爵様が声をあげると、ご令嬢方はお互い縋りつくようにぴったりとくっついた。

「だって、お兄さま！　ユージン兄さまがいなくなったら嫌だって、何度もいったのに聞き入れてくださらないのだものっ！　アデラとの結婚だって、駄目だのひと言で片付けてしまって！」

「当たり前だろう！　番と出会い、番と伴侶となることが最良だとおまえたちも分かっているだろう!?　番という相手は、女神様が結んでくださった縁だ。アデラにはアデラだけの相手がいて、きっともうじき出会える。アデラの相手はユージンではないのだから！」

「番でなくては結婚できない決まりはないわ！　お父さまとお母さまだって、番ではないのだもの！　アデラとユージン兄さまが結婚しても、問題ないわ！」

「クローディアッ！」

「もういいのよ、クローディア。運命の相手を押しのけて一緒にいたいなんて、そんなことを望んだ私がいけなかったのよ」

「アデラ、そんなことないわ。ユージン兄さまだって、アデラのこと愛してくれているわ」

「ううん、いいの。ユージン従兄様の運命の相手はこの方、女神様が決めたお相手ですもの。私など見向きもしないで、この方を愛されるわ」

「アデラ、そんなこといわないで！」

「いい加減にしないか、ふたりともっ！」

目の前で繰り広げられる兄妹喧嘩と出来の良くない茶番劇。なかなかの迫力があることは認めるけど、内容的にはいただけない。

「分かりました。もう、いいです」

私がそういうと同時に、キムの大きなため息が零れる。

「事情は分かりました。なにに対して謝罪をしたかったのか、それはよく分かりませんけど……なんか、謝るつもりなんてないですよね？」

だって、私に謝ってくれたのは伯爵様だけ。ふたりのご令嬢は訳の分からない持論を展開させ、悲恋を嘆くヒロインと女友達っていう演劇のワンシーンを見せてくれただけだ。

アデラ嬢の初恋を否定するつもりはないし、クローディア嬢の兄妹愛になにか言うつもりもないけど、妙な持論に私を巻き込まないでほしい。しかも、その持論っていうのが隣国の某マダムと同じ論理だ。

私がいなければ、アデラ嬢は恋するユージンさんと結婚できて、クローディア嬢は愛しい兄を平民に落とすことなく付き合いが続く。そしたら、皆も幸せだ。

私がいなければ、上手くいく。

私がどうなろうが、そこは関係がない。

「そ、そんなことは……」

「だから、もういいです。私はそもそも……」

ユージンさんと結婚するつもりなんてないし、この国に留まるつもりもない。アデラ嬢がユージンさんと結婚したいのなら、勝手にすればいい。

そう言おうとしたのに、キムの手が背後から伸びてきて私の口を覆った。ご丁寧に唇を指で挟んでくれて、言葉ひとつ出すことができない。

「もう茶番は終わりましたかネ？　事情は分かりましたし、ご令嬢方の言い分も謝罪の気持ちがないことも理解しましたヨ。それを踏まえて、この後ユージン・オルコック氏本人と面談し……今後のことについて決まりましたら、お知らせしますヨ」

顔は見えないけど、きっとキムは笑顔で怒ってるんだろう。背後の気配は、苛立ちとか怒りとかを混ぜ込んで煮立っているように感じる。

「……本当に、申し訳ございませんでした。処分はいかようにも」

疲れを隠せなくなった伯爵様は、まだ悲恋劇のワンシーンを演じている妹と従妹を連れて客間を出ていった。

強引に連れられて出ていくアデラ嬢にはすごく睨まれた……美人は怒った顔も迫力がある。

「大丈夫かナ？」

私が頷くと、キムはようやく私の口元から手を外してくれた。

「大丈夫だけど、疲れちゃった。結局、よく分からなかったよ。それに、なんなの？　突然口塞いだりして」

「……だって、お嬢さん迂闊なこといおうとしたでショ？」

「迂闊なこと？」

「自分は番と結婚なんてしないから、勝手に結婚したらいいだろっぽい内容のことをサ」

な、なんで分かったの!?　長く一緒にいすぎたせいで、心の中を覗(のぞ)かれる魔法かなにかをかけられたりした!?

「あのね、お嬢さんの考えてることくらい察しがつくヨ。そもそも、ここになにしに来てるのサ？　全てを片付けるために来てるんだよネ。片付けが終わった後、お嬢さんがどんな行動を取るかなんて簡単に想像つくヨ」

「……そ、そうだね。キムにはいろいろ話してたもんね」

「でも、そういうことを言葉にして出さない方がいいのサ。何気なくいった言葉が噂(うわさ)のもとになって、形を変えて広がっていくんだヨ。噂が怖いものだって、お嬢さんは知ってるよネ？」

噂がどんなに恐ろしい力を持っているのか、私は身をもって知っている。噂は驚くほど速く大勢の人の耳に届いて、驚くほど速くその中身を変える……聞く人たちが面白く楽しくなるように。

「だから、口に出さない方がいいのサ」

「……うん」

キムはテーブルの上に残された大きな方の箱の蓋を開けた。小さな方には手紙が入っていたけど、大きい方には何が入ってるんだろう？

私もその箱の中を覗き込む。

「……これ、お嬢さんに宛てた贈り物だろうネ。随行した留学先はクレームス帝国だから、そこで買い求めたものじゃないかナ？」

箱の中にはいろいろなものが入っていた。帝国の景勝地や有名な建物などの紹介文付きの画集、淡いピンクやクリーム色が可愛いハンカチが数枚、薄い金属板に繊細な彫りを施した栞（しおり）、細かな細工が綺麗な小物入れ。

キムがいうには、これらは全てクレームス帝国の特産品や特産品を使って作られた品物らしい。きっと帝国内を移動し滞在した街で買って、実家経由で私に送っていたんだろうって。

「……これ全部、私のために？」

「そうだヨ。お披露目会の会期中に帰国できないって分かって、その旨を担当文官に知らせる手紙を出した。きっと一緒にお嬢さん宛ての手紙も出しただろうネ」

キムは小さな箱に入っている手紙の束を取り出し、表書きを確認して一通の封筒を抜き出す。それはなんの飾りも色もない真っ白な封筒だ。

遠い外国から海を渡って運ばれてきたせいか少し黄色く変色して、全体的にくたびれているように見える。

「これ、最初に出した手紙だヨ。送られてきた品がどの順番で届いたのかは分からないけど、手紙だけは順番が分かるネ。手紙の中身に贈り物のことが書いてあれば少しは分かるかもヨ」

封筒の表には〝我が番殿〟と少し角ばった文字が書かれていた。

キムの手にはたくさんの封筒がある。クレームス帝国からフェスタ王国まで、海路と陸路を使って郵便が届けられるまでにどのくらい日数がかかるか分からないが、きっと一週間や十日はかかるだろう。

あの数の手紙が届いているってことは、私の番であるユージン・オルコックさんは私からの返事もないのに、数日おきに手紙を書いて送って、気になった品を買って贈り続けてくれたのだ。

「……」

「思うことはあると思うけど、手紙も贈り物も受け取っておきなヨ。お嬢さんの番は、お嬢さんのことを想ってくれてる男だってことが分かったんだからサ」

確かに私を想ってくれた気持ちは嬉しいし、贈り物だって嬉しい。でも、私は自分の手首に輝く白花(しらはな)のブレスレットのことを思うと……「うん」とは頷けなかった。

閑話　アデラ・ドナ・エーメリーの断案

初めて意識して顔を合わせたのは、祖母の五十歳をお祝いするパーティーだった。

母の兄の子どもであるクローディアとは同性で年が近いこともあって仲良くしていて、お互いの家を行き来し、手紙のやり取りなんかをしていた。

クローディアのふたりいる兄たちは勉強や剣術少しとか魔法の訓練に忙しくてほとんど会うことはなく、新年の集まりのときに挨拶をする程度の関係だった。だから、しっかりとお互いを認識したのは、祖母の誕生日パーティーのときだったのだ。

九歳年上のオーガスタス従兄様と四歳年上のユージン従兄(にい)様、ひとつ年下のクローディアと、私の二歳年下の妹と五人で同じテーブルについてパーティー料理をいただいた。

私はそのとき、恋をした。

黒と濃い灰色の毛並み、透き通った青色の瞳、大きな耳と長い尻尾が立派なオオカミ獣人。周囲にいる男の子たちとは違って、落ち着いていて頼りがいがありそうなところに惹かれた。

思い返せば、クローディアはあのときから私がユージン従兄様に恋していることに気がついていたんだろう。なにかにつけて、ユージン従兄様のことを話して聞かせてくれた。

オルコック伯爵家の次男、将来は家から出ていく立場にあるから勉強や武術と魔術訓練に明け暮れていて、成績がとても優秀だってこと。将来は、年齢が近い第三王子イライアス殿下付きになるんじゃないかってことも聞いた。

私は素直に思った、「うちにお婿に来てくださったらいいのに」と。

我が家は格下の子爵だけれど、小さいながらに領地があって裕福ではないけれど貧しくもない。

将来は私がお婿さんを迎えて一緒に領地を治めることになっていて、父は私が番と出会えることを期待しながらも、こっそりお相手さんを探しているようだった。

私の両親は番ではない人間同士、クローディアの両親である伯父夫婦も番ではない夫婦。

運命の番ではない二組の夫婦を間近に見ていたせいか、私は番と出会ってその方と結婚するのだという気持ちがほとんどない。

まだ見ぬ番より、初恋相手であるユージン従兄様との結婚を望んでいた。

家同士の縁を結ぶことを考えたら、オルコック伯爵家とはすでに縁ができているけれど……私はユージン従兄様を諦めきれない。私は恋に落ちてしまったのだから。

クローディアは私に協力的で、定期的にお茶会を開いてくれたりパーティーに呼んでくれたりした。ユージン従兄様に夜会のエスコート役を頼んでもくれた。

ユージン従兄様は優しく紳士的で、私を淑女として扱ってくださった。私のことを憎からず思ってくださっているはずだ。だから、このまま時間が流れて父からオルコック家へ婿入りを打診してくれれば……そうすれば、私たちは晴れて婚約を結び結婚できる。

私は自分が成人を迎え、ユージン従兄様が我が家へ婿入りしてくださる日を指折り数えた。

それなのに、そんな幸せな日々は突然消えてしまった。

ユージン従兄様に〝女神様のお告げ〟があったという。

〝女神様のお告げ〟とは、この世に運命の相手が存在していない者に対して、女神様が異世界から運命の相手を連れてきてくださるという天啓のこと。

「嘘(うそ)よっ！」

私は叫んだ。

女神様のお告げがあったということは、ユージン従兄様の番はこの世界に存在していなかったことになる。だったら、私と結婚することになにも問題はなかったのに！

ユージン従兄様の周囲に女性の気配が全くなかったから、自分の成人を待ってなんてのんびり構えていたのがいけなかったのだ。私は激しい後悔に見舞われた。

お告げがあった日から、ユージン従兄様はお披露目会を心待ちにしていると聞いた。獣人にとって、番は愛さずにはいられない大事な存在。オオカミ獣人であるユージン従兄様が、番に会いたいと切望されるのは理解できる。

理解はできるけれど、私の心は納得がいかない。

両親も妹も「ユージンのことは諦めろ」と口をそろえて言うようになった。異世界からの番を迎えることが決まっているのなら、入り婿の話などできるわけがないのだと。

それも理解はできる。でも、私の心は納得できない。

私の味方をしてくれるのはクローディアだけ。彼女だけが私の心を分かってくれる、世の中で唯一の理解者だった。

幸い、その年のお披露目会にユージン従兄様の番は現れなかった。聞いた話によると、〝女神様のお告げ〟による異世界からの番召喚には一年から三年の誤差があるらしい。

今年は番が現れなかったけれど、来年現れるかもしれないし、再来年には絶対に現れる。現れたら……もう終わりだ。私の心は死を迎える。

しかし、女神様は私の心を救ってくださった。二年目のお披露目会にもユージン従兄様の番は現れなかったのだ。もう一年、私の心は生かされた。

そんな私の気持ちなど知らず、ユージン従兄様は二年目のお披露目会に己の番がいないと分かると、イライアス殿下の留学に随行して北の国へと行ってしまった。来年のお披露目会に間に合うように帰国するのだといって。

私の心は荒れた。来年のお披露目会でユージン従兄様が番と出会うことへの不安、随行した遠い異国の地でケガをしたり病気になったりしていないか、殿下に振り回されていないかという心配、恋した相手に会えない、ちらりとお顔を見ることすらできない苦しい気持ちが入り混じってぐるぐると渦巻いていた。

表面上は淑女らしく取り繕っていたけれど、内面は荒れ模様。そんな私を支えてくれたのも、クローディア。オーガスタス従兄様と同じ茶色みがかった毛並みを持った、心優しいオオカミ獣人。

彼女の優しい言葉と愛らしい笑顔に何度も救われた。

　私はクローディアに支えられながら、ユージン従兄様の帰国を待った。けれど、留学終了予定期日を過ぎてもイライアス殿下は帰国されず、侍従兼護衛であるユージン従兄様も当然帰国されない。

　いつ帰国されるのか？　なにか重大な事件でも起こったのか？　と思い悩んでいるうちに、この年のお披露目会が始まっていた。きっと、ユージン従兄様の運命の相手がこの世界に来ている……そう思うと気が気ではない。

「アデラ、アデラ！」

「どうしたの、クローディア？　そんな慌てて」

　約束していたお茶会の時間より早い時間にやってきたクローディアは、手土産だというお茶菓子と一緒に一通の手紙を持っていた。

「ユージン兄さまは、お披露目会に間に合わないわ」

「え？」

「イライアス殿下が留学期間を延長されたようなの。だから、お披露目会の会期中にユージン兄さまは帰国できないのよ。その旨を伝えるお手紙が来たの！」

　クローディアは私に手紙を見せてくれた。それは異世界からやってきた番相手に宛ててユージン従兄様が書いた手紙。

　お披露目会の会期中に迎えに行けないことへの謝罪から始まって、女神様のお告げを受けてからずっと会えることを楽しみにしていること。自分が現在外国に滞在していて、帰国次第迎えに行くから待っていてほしいこと……染めの色合いが美しい帝国産のハンカチを見つけたので送ること。

その手紙には間違えようがないほどはっきりと、番の方への気遣いとできる限りの愛情が込められていた。

「しっかりして、アデラ」

「でも、クローディア……ユージン様は異世界からの番様を大切になさって……」

「この手紙が番の人に渡らなければいいのよ！」

「え？」

自信満々にいうクローディアの言葉の意味が理解できず、私は聞き返していた。

「だから、ユージン兄さまの手紙を王宮に届けるのをやめるのよ。異世界から来た番は迎えがなくて、その理由も分からず行き場をなくすわ。そうしたら、宝珠の館行きになるわよ」

「そんなこと……！」

お茶会用に準備しておいたテーブルに案内して、侍女に急いでお茶とお菓子の用意をお願いする。

いつもなら準備ができているけれど、クローディアが早く到着したため、準備ができていない。

「番の人は宝珠の館で生きていけばいいわ。異世界からの人なんだもの、平気よ。だって、異世界の人は番が全く分からないっていうし」

「それは、聞いたことがあるけれど……」

異世界には番という関係が存在していないため、本能的に愛おしいと認識する能力がないと聞いている。だから、異世界からの番に対してはこちらの世界の者が〝あなたは自分の最愛だ〟と言葉や態度ではっきりと示して伝えなくてはいけないのだと。

「女神様のお告げから三年目なのに番に会えなかったユージン兄さまは、きっとお告げは間違いだったって思うわ。そしたら、アデラとのことを前向きに考えると思うの」

クローディアはテラスに用意したテーブルに着くと、うふふっと可愛らしい顔をした。

「オーガスタス兄さまは外務室にお勤めしている文官で、王子殿下の留学に関する手続きなんかを担当しているのよ。だから家にお手紙や書類が届いて、オーガスタス兄さまが王宮に持っていくの。ユージン兄さまからのお手紙は、我が家に届くのよ」

「そうなのね」

「だからね、そこでお手紙を抜き取っておけばいいわ。お手紙もなにもないってなれば、異世界からの番の人はユージン兄さまから望まれてないって思うわよ。あちらの人は番が分からないから、相手が誰だって構わないのだもの」

そこへ侍女がお茶とお菓子ののったワゴンを押してきて、私たちの会話は一度途切れた。

目の前に赤みの強い色の紅茶、貝の形をした焼き菓子とまん丸の形に粉砂糖のかかったクッキーが並ぶ。クローディアは「美味しそうね！」と喜んでティーカップに手を伸ばす。

私は思ってもみなかった言葉に驚いていた。

異世界からの人は番を認識できない。それなら、ユージン従兄様と顔を合わせてユージン従兄様が「あなたが私の番だ」といわない限り、異世界の方はユージン従兄様を番だと分からない。

ならば、ふたりが出会わないようにしたら……ふたりは惹き合わないの？　そうしたら、我が家に婿入りしてくださるのでは？　私の気持ちに応えてくださるのでは？

クローディアが語ってくれることは、まるで夢のようだ。私の心を守って救ってくれる。

「ね、アデラ。名案でしょう？　手紙も贈り物も我が家で止めておけばいいのよ、そしたらふたりは出会わないわ！」

「……ええ、そうね。協力してくれる、クローディア？」

「もちろんよ！　私、ユージン兄さまが家を出ていくことに反対なの。平民になってしまうし、自分の番も分からないような人がユージン兄さまのお嫁さんになるのも嫌」

クローディアは頬を膨らませて不満の顔をした。

「だからね、やっぱりアデラのところに行くのが一番いいと思うの。ユージン兄さまは貴族のまま、アデラと幸せに暮らせるわ！　私、アデラが大好きだから幸せになってほしいの。もちろん、ユージン兄さまも。ふたりが結婚したら、私の大好きなふたりが一緒に幸せになれるのよ。こんな良いことないわ！」

私の中で〝そんな単純な話じゃない〟とか〝そんな簡単に事が運ぶわけがない〟と訴えてくる部分がある。でも、私はそれを無視する。だって、クローディアのいうように事が運べば私の思うようになるのだもの。そうじゃない言葉なんて聞きたくない。

「安心してアデラ！　私はいつだってあなたの味方よ！」

「……ありがとう、クローディア。心強いわ」

「任せて！　まずは……」

私たちのしたことは、些細なこと。所詮成人前の小娘にできることなんて限られている。

ユージン従兄様が送ってくる手紙と贈り物を回収し、王宮に届かないようにする。ただそれだけ。

ただそれだけだけれど、きっと上手くいくに違いない……私たちはそう信じていた。

予想外だったことは、想像以上にユージン従兄様から番さんへの手紙と贈り物が頻繁に届くことだ。他人宛ての手紙を読むなんて、と思いながらも内容が気になって開封してしまう。

待たせていることへの謝罪から始まって番の方を心配する言葉に続き、自分が今どんな街にいるのか、どんな珍しい品や景色、文化があるのかなどが綴られていて……自分が気になった品を贈ったけれど、気に入ってくれたら嬉しいと綴られている。

この手紙が私宛てであったのなら、どんなに嬉しく幸せな気持ちになっただろう。手紙が届き、読めば辛くなるのにやめられない。

ユージン従兄様が帰国されても、異世界からの番の方はユージン様からなんの連絡もないまま必要とされていないと感じて宝珠の館に入って、ふたりは出会わない。

帰国されたと確認が取れたらすぐに父から婿入りの打診をしてもらって、改めてユージン従兄様と顔を合わせて婚約をして……私は幸せを掴める。

それを信じて、それが現実になると私は確信するに至っていた。


「アデラ！　おまえという娘は！」

私の幸せは異世界からの番ではなく、実の父によって打ち壊された。

「おまえはなんということをしたのだ！　なんということを……ッ！」

ユージン従兄様が数日前に帰国したと聞いて、ハンカチに刺繍をして贈ろうと思った。長い間の随行お疲れ様という気持ちと、私の愛情を込めて。

自室で刺繍の図案集を眺めているところに、ノックもなしに駆け込んできた父はボロボロだ。めっきり薄くなった髪は乱れ、服もよれてボタンのいくつかは取れてしまっているようだ。

「どうしたのですか、お父さま？」

「どうしたもこうしたもない！　おまえ、おまえ……ユージンが随行先から送ってきていた手紙を抜き取って隠していたというのは、本当か？　本当にそのようなことを⁉」

「えっ……どうして、それを……」

「当たり前だろう！　ユージンはイライアス殿下の侍従で護衛として随行しているのだから、殿下のご様子を報告するのも職務のひとつだ。国内なら魔法での連絡も可能だが、国外からでは郵便に頼るしかない。その報告書が春以降一通も届いていないとなれば、本人が事件か事故にあっているのか、郵便事故かと確認することになる」

クローディアは自宅に届くユージン従兄様からの手紙、その全てを回収していたようだ。その中に王宮へ上げるための報告書が入っている手紙もあり、それはオーガスタス従兄様から王宮に上がるはずだったのだ。

その手紙まで回収していたため、報告書が全く送られてこないことを不審に思ったオーガスタス従兄様が、周囲や郵便業者を調べたらしい。そして、クローディアが手紙を全て回収していたことが判明してしまった。

「あれは、その……回収したのは王宮への報告書ではなく、個人的なお手紙の方だけを……」

「関係ない、関係ないのだ！　アデラ、よく考えよ。異世界から女神様が選ばれた番をこちらの世界にお呼びすることは、国の大切な行事なのだ。異世界の番に関すること全て、国の管理下にある。

ユージンの番が異世界からの番である以上、番へ宛てた手紙も贈り物も全て国の管理するべきもの。それを身勝手な理由で回収し、隠すなんてことはしてはならないことなのだ！」

私の耳に、父の掠(かす)れた声が響く。

「そもそも、ユージンを愛おしく思っていたのならば、なぜユージンの幸せを願ってやれなかったのだ！　なぜユージンの幸せを壊すようなことをしたのだ！」

父の叫ぶような声が、部屋中に響く。

「ユージン従兄様の幸せを、壊す？　私が？」

私がそんなことをするはずがないのに、意味が分からなくて父に尋ねれば、父は片手で顔を覆い、私の向かいに座った。

ユージン従兄様の幸せは私と結婚して、エーメリー子爵家を継いで温かな家庭を築いて暮らすこと。それを壊すなんて、あり得ない。

「ユージンは獣人だ。番と出会い、その番と結婚し生きていくことを人生一番の幸福と感じる種族だ。女神様からのお告げがあった以上、ユージンの番は異世界からやってきて彼らは出会い番(つが)う運命、そういう縁なのだ」

「で、でも……私はユージン従兄様のことが……」

「知っている。もし、おまえが成人を迎えても番と出会えず、ユージンも出会えなかったらという条件で、婿入りを打診してみた」

「お父さま！」

私の心はほわっと温かいもので包まれた。父がユージン従兄様と私のことを認めてくださったのだ！　嬉しい！

「出会えなかったらの話であったが、当然オルコック家からは断りがあった。ユージンは女神様のお告げを受けたからな。異世界からやってくる番と幸せになるように、という女神様のお引き合わせなんだ。アデラ、女神様がお決めになったことなんだ」

「そんな、酷いわ……お父さま、私は、私は本当にユージン従兄様が好きで……」

「クローディアとおまえがしたことは、おまえたちの中では些細なことだったのかもしれない。屋敷に送られてくる手紙や荷物を王宮に届かぬように抜き取って隠した、それだけのことだと思っているのかもしれない」

父は両手で頭を抱え、首を左右に振る。なにをそんなに嘆いているのだろう？　疑問に思っているとノックの音が響き、侍女が来客を告げた。

父は勢いよく立ち上がると、私の腕を掴み、引き摺るように一階にある応接間へと向かう。どんなに腕の痛みを訴えても、足が縺れて転びそうになっても、父は私を無視して足を進めた。

「オーガスタス、申し訳なかった！」

子爵家らしく整えられた客間に入るなり、父は謝罪の言葉を述べて頭を下げる。私は床に打ち捨てられ、床に膝を打ちつけた。

「アデラ！」

「クローディア……」

そんな私に駆け寄ってくれたのは、クローディアだけだった。やっぱり、彼女は私の味方だ。

縋りついたクローディアは、その可愛らしい容姿には似合わない装飾の全くない灰色のワンピース姿。首飾りや腕飾りのひとつも身に着けていないし、髪もただ梳かしただけ。なにがあったのだろう？　なにが起きているのだろう。

「叔父上、謝罪は必要ありません。今回の件については、オルコックとエーメリー両家の起こしたことです。我々の間で謝罪は必要ないでしょう」

「……すまない」

客間にいたのはオーガスタス従兄様。親戚である彼らが我が家に来るのは珍しいことではないけど、父の様子とオーガスタス従兄様の態度は今までに見たことがない。

「アデラ、キミにも改めて確認したい」

「なんでしょう？」

オーガスタス従兄様は私を立たせ、部屋の中央にあるソファに座らせてくれた。私の隣にクローディアが座って、私たちは自然に体を寄せ合う。

「ユージンからの手紙や贈り物をキミはクローディアから受け取っていたかい？　宛先はキミではないものだけれど」

「えっ……」

隣にいるクローディアが体を震わせる。

「隠す必要はないよ。クローディアが手紙や荷物を受け取って、小細工をしていたことはもう分かっている。手紙の一部と送られてきた荷物をキミに渡した、そこも分かっている。私は、その事実確認をしたい」

水色の瞳が私を見下ろして、睨んだ。オーガスタス従兄様はひどく怒っていらっしゃる。ここで嘘をいえるわけもなく、首を縦に振った。

「受け取りましたわ、ユージン従兄様からのお手紙と贈り物を」

「そうか、分かった。後で王宮から警備の騎士が迎えに来る、アデラとクローディアは彼らの指示に素直に従うように。大人しくしていれば、乱暴に扱われることはない」

「お兄さま！　どういうことですか!?　お城の騎士って」

「ユージンが侍従として外務担当官である私に提出すべきだった書類をおまえが抜き取ってしまった。当然書類は私の手に届かず、報告書が上がらない。その結果、さまざまな問題が起きて、いま王宮はその処理に天手古舞（てんてこまい）だ」

「「え……」」

オーガスタス従兄様の言葉に、クローディアと私は言葉を失った。私たちが手紙を回収したことで、王宮が天手古舞とはどういう意味だろう？

私たちが回収したものはユージン従兄様が異世界からの番さんに宛てた手紙と贈り物、イライアス殿下の留学に関する提出書類。

確かに、殿下に関する書類が届いていないのは問題だったかもしれないけれど、そんな大事（おおごと）になるなんて、オーガスタス従兄様は私たちを叱（しか）るために、大げさにいっているに違いない。

「叔父上、参りましょう。ちょうど警備の騎士たちもやってきたようですし」

「ああ。アデラ、大人しく騎士のいうことに従うのだ。聞かれたことには素直に答えなさい、おまえにできることはもうそれだけなのだから」

父とオーガスタス従兄様は揃（そろ）って客間を出ていき、騒（ざわ）めいた雰囲気に窓から外を見ると警備担当の騎士たちの姿が見えた。彼らは、クローディアと私を迎えに来るといっていたけれど、いったい何の理由でどこに連れていかれるのだろう？　恐ろしくて、体が震える。

そして、お城から来た騎士たちの中にユージン従兄様の姿があった。あの黒い毛並み、侍従の着る白いシャツに黒い制服を見間違うわけがない。

私たちは窓に駆け寄り、ユージン従兄様に手を振る。

「ユージン従兄様！」

「ユージン兄さま！」

私に優しい笑顔を浮かべ手を振り返し、客間にやってきて「大丈夫だよ。なにも心配はいらない」と声をかけてくださるに違いない。

屋敷から出てきたオーガスタス従兄様と玄関ポーチで会話を交わし、その後に出てきた父が何度もユージン従兄様に頭を下げているのが見える。

私たちが手紙や贈り物を回収して隠してしまったこと、それは確かに褒められたことではない。だから父が代わりに謝罪してくれているのだろう。

きっとすぐに笑って許してくださる。父とユージン従兄様に血縁関係はないけれど、叔父と甥という関係で付き合いだって長い。さらに、我が家の入り婿になれば父はユージン従兄様にとっては義理の父だ。家族なのだ。許してくださるに決まっている。

「ユージン従兄様！」

私の声が届いたのか、ユージン従兄様はようやく私を視界に入れてくださった。青い瞳が優しく私を認め、笑顔を見せてくださるはずだった……のに。

ユージン従兄様は眉を顰め、その青色の瞳で鋭く私を射貫くように睨むと、あっという間に馬に乗って行ってしまった。

「……え？」

どうして、あんな冷たい目で私を見るの？

どうして、あんなに嫌そうな表情で私を見るの？

どうして？　どうしてなの？

呆けた私の耳に、お城からやってきた騎士たちの足音だけが遠くから聞こえていた。

第五章　ユージン

ユージン・オルコック、二十一歳のオオカミ獣人。オルコック伯爵家の次男。

家族構成はオオカミ獣人の父親、夫人である人間の女性。共にオオカミ獣人である兄と妹に挟まれた中間子。

王立貴族学校を優秀な成績（在学中全ての教科で五位以内をキープしてたらしい、すごいエリートだよ！）で卒業して王宮へ就職。王子・王女室に配属されて、現在は第三王子付きの侍従兼護衛官になる。

私の番さんのざっくりしたプロフィールはこんなところだ。次男とはいっても伯爵家出身のエリート文官。一方の私は特に勉強も運動もできたわけじゃない、平凡な庶民。

この世界に呼び出されて、女神様の魔法で向こうの世界でのこととかを深く考えられなくなっていた時期ならともかく、魔法が解けて自分で頑張ってきた自覚がある今となっては……エリート貴族様と上手くやっていける気がしない。

アデラ嬢とクローディア嬢のふたりがしたこと、それはとても単純ですぐにばれてしまう非常に稚拙な行為だ。

他人宛ての手紙、仕事に関係する書類の入った封書を勝手に横取りして隠すなんて、駄目なことだって子どもでも分かる。

それでも、形振り構わず実行せずにはいられないくらい、アデラ嬢は私の番のユージンさんのことが好きで、愛していた。

自分の番ではないのにそんな風に誰かを好きになるなんて、すごく激しくて熱い気持ちだ。

私がリアムさんに対して抱いた気持ちには、そんな激しい熱量はなくて、もっと淡くふんわりしていた。恋であったとは思うけど、全然違う。

私なんかとではなく、心から好きでいてくれている同じ貴族であるアデラ嬢と結婚して、彼女の家に婿入りして生きていく方がいいように思う。

「……なーんか、また妙なこと考えてるんじゃないかナ？」

手にしていたプロフィールの書かれた紙をキムが抜き取る。

「妙なこととはなによ、失礼な」

「お嬢さんとの付き合いは長くないけどネ、いろいろ気がついたことがあるヨ。それを踏まえたら、今のお嬢さんがいいこと考えてないってことくらい分かるヨ」

キムは手元の紙を綺麗に折り畳み、上着のポケットに仕舞い込んだ。

「さて、このあと昼ご飯を食べてから、ユージン・オルコックとの対面なんだけどサ……昼ご飯、食べられそうかナ？」

私は首を横に振った。さっきケーキをいただいたし、緊張やストレスでお腹の空いた感じはない。

「だよネ。じゃあ、気分でも変えてみる？」

「気分？」

キムは淑女をエスコートするかのように、私に手を差し伸べた。

「そう、この客間に籠もって時間潰すのも別にいいけどサ。せっかく王宮に来てるんだから、少しは見学してもいいんじゃないかと思ってネ」

それに王宮なんてもう二度と足を踏み入れる機会なんてないかもしれないだろ、と続けられてそれもそうだなと思った私は、キムの手に自分の手をのせた。

この客間で飲みたくもない紅茶でお腹をいっぱいにしているより、緊張を紛らわすこともできるだろうし、余計なことを考えなくても済む。

「じゃあ、行こうか」

「キムは普段レリエルの大公館で働いてるんでしょう？」

「大公閣下の麾下だからネ。命令であちこち出かけてることも多いけど、基本はそうだヨ」

「じゃあ、王宮のことはあんまり詳しくないんじゃないの？」

どこに向かっているのか分からない、ただキムにエスコートされるまま廊下を進み、右に曲がって左に曲がって、さらに左に曲がって階段を上る。もう自分であの客間には戻れない自信がある、王宮は広すぎるし複雑すぎる。迷路のようだ。

「隅から隅まで知ってるってわけじゃないけどネ、王宮は大公閣下のお供で結構来てるヨ。アディンゼル家の人間が使う周辺はちゃんと把握してるつもりサ」

キムに案内されたのは、庭園だった。私の知る言葉でいうのなら、空中庭園や屋上庭園というやつだ。

王宮は大きな建物がいくつも重なって一つの〝王宮〟という形になっているけれど、私がいるのは背の低い建物の屋上に当たるところ。常緑の植物で作られた生垣、綺麗な小石が敷き詰められた水路が張り巡らされ、区分けされた花壇には季節柄花はないけれど、色彩豊かな葉を茂らせた植物が植えられていた。

庭園のあちこちに木製のベンチが置かれ、すみっこの方には四阿も用意されている。きっと春にはとても綺麗に整えられるんだろう。庭園の先からは王都の下街が見渡せて、背後から零れる女神の大樹からの淡い光が降っているように見える。

「……綺麗」

レリエルの街並みは白い壁に赤黒い屋根が並んで、少しだけ寒そうだけれど……王都ファトルはクリーム色の壁に赤みの強いオレンジ色の屋根が並ぶ。女神の大樹から零れる光もあって、街全体が暖かそうな印象だ。

「この街も、この国も捨てたもんじゃないでショ」

私がこの世界に来たとき、この街にいた。それから勉強会、お披露目会、王宮勤務と数ヶ月の時間を過ごしたのに、この街をちゃんと見ていなかったのだと改めて思い知らされる。

「王宮の北側には女神の大樹があるけど、その子どもみたいな木が街の中央に生えてるんだヨ。そこは広場になっていて、いつも露店が出て家族連れとかで賑わってるんだけどサ……行ってみるかい？」

「え、いいの？」

「この国では、年末には家族で一年間無事に過ごせたことを女神に感謝してお祝いする習慣があるのサ」

「素敵な習慣だね」

日本で年末年始を家族で過ごすっていうのと同じような感覚かな？

「夜はそれぞれ家族単位で食事をするのが一般的サ。その代わり昼間は公園や広場の露店に行ったりするんだけど、お嬢さんに興味があるなら遊びに……」

「行きたい」

食い気味に答えながら街並みを見渡せば、あちこちに綺麗な飾りつけがされている。赤や黄色、緑の葉っぱ、赤や茶色い木の実、綺麗なリボンでできたリースみたいな飾りに、キラキラ光るオーナメントはどこかクリスマスっぽい。どうやらこの国の年末年始は、日本でいうクリスマスとお正月が混じったような雰囲気で過ごすみたいだ。

この世界に来てもう二年近い。それなのに、初めて見て知ることがとっても多い。自分の周囲や景色を見る余裕がなかったのは事実だけれど、見ようともしなかったのかもしれない。

街並みや女神の大樹をちゃんと見たのも初めてだし、街では自分の周りにいるのは悪意ある人たちばかりで、誰も助けてくれない、頼りにできないのだと思い込んでいた。

大公閣下が自分から助けてといわなくては助けなど来ない、私は子どもじゃないっていっていたけれど……その通りだったと思う。

私はきっとトマス氏やマリンさんにいわなくちゃいけなかった、「心ない噂を流されて辛い、助けてほしい」って。異世界課の課長でもよかったかもしれない、彼らは自分では動かなかったかもしれないけれどトマス氏に連絡くらいはつけてくれたかもしれない。

「あの、申し訳ありません」

空中庭園にいるのはキムと私だけだ。声をかけられたのが自分であると気付いて振り返ると、そこにはモスグリーンのメイド服に白いエプロン姿の若いメイドさんがいた。

「お嬢様にお会いしたい、とおっしゃる方がお見えなのです」

「お嬢様って？」

「お嬢さんのことだヨ、レイナ」

キムは私を庇うようにメイドさんと私の間に入った。

「この子に会いたいって、どこの誰かナ？」

メイドさんが道を空けるように下がると、そこに一人のご令嬢が姿を見せた。

「ごきげんよう」

「……」

予想外の人物の登場に、私は声が出なかった。

閑話　アデラ・ドナ・エーメリーの不義

　家にやってきた警備の騎士に連れていかれたのは、お城の近くにある騎士隊の本部が入っている建物だった。そこで、お城の偉い文官の質問に答える。

「どうして手紙や書類を勝手に横から回収することにしたのか？」

「受け取った手紙や贈り物はどうしたのか？」

「お披露目会について、異世界からの番（つがい）をどう思っているのか？」

　くだらない質問ばかりだったけれど、父から素直に答えろといわれていたから正直に答えた。私がいかにユージン従兄（にい）様を愛しているか、彼に相応（ふさわ）しいか、我が家に入り婿になることでの利点、番にこだわることがどんなに愚かしいことかに至るまでしっかりと。

　私の答えに、ライオン獣人の文官は首を傾（かし）げたり顔を顰（しか）めたりしていた。王宮文官は優秀な人たちばかりと聞いていたのに、私のいうことが理解できないなんて噂（うわさ）に聞くほど彼らは優秀ではないのかもしれない。がっかりだ。

　結局、数日拘束され、解放されたときにはクローディアと私は今まで通っていた女学院を退学し、王都の外れにある神殿が運営する神学校に通うことになっていた。

　手紙や贈り物を盗んで隠したことへの罰であり、反省と再教育のためと説明されたけれど納得がいかない。たかが、異世界の番への手紙と贈り物を先回りして回収したくらいで、女学院を退学させられて神学校に転校させられるなんてあり得ない。

神殿が運営する神学校には二種類ある。ひとつは女神様に仕える神官を育てる神学校、もうひとつは罪を犯した未成年の再教育を行う神学校。

クローディアと私が通う神学校は後者だ。

王都ファトルの北外れにある、成人前の女子ばかりが集められている寄宿制神学校。身分に関係なく寮で生活し、敷地は高い垣根で囲まれていて、許可なく敷地外には出られないし手紙も月に二回、担当神官の検閲を通ったものだけがやり取りできる。

制服として支給される焦げ茶色の古めかしいデザインのワンピースに黒の靴だけを身に着けることが許され、髪も三つ編みかまとめ髪のみ。装飾品の類も一切不可。

私の淑女らしい生活は消えてしまった。

毎日朝から夕方まで勉強、裁縫、畑仕事、掃除洗濯、神官の説法で埋まっていて、一日二回の食事は具の少ない薄いスープとパンにお茶だけ。おまけに甘いものは一切ない。

一緒に時間を過ごすのは、男爵家の庶子だというご令嬢（通っていた学校で侯爵家のご令嬢に無礼を働いたらしい。本人は嵌められたのだといっている）と小さな商家の娘さん（通っていた学校で同級生の私物を盗んだらしい。本人は盗んでなんていない、嵌められたのだといっている）に私たちの四人きり。

ここで反省したとみなされなければ、学校外に出ることはできないといわれた。でも、私はなにを反省したらいいのか、分からない。だって、なにも悪いことなんてしていないから。

神官からは私たちがした行動がどんなに軽率だったのか、どんな結果を引き起こしたのかをしつこいくらい話して聞かされた。けれど、見当違いなことばかりで理解できない。

異世界の人への個人的な手紙を奪っただけなのに、どうしてこんなことになってしまったんだろう？

手紙を奪ったことに関してはもう謝ったのだから、彼女も私も悪くないのに。

神学校に入れられて数ヶ月後、私たちのしたことの責任を取って我がエーメリー子爵家がかなりの罰金を支払ったことと、オーガスタス従兄様が王宮へ辞表を出したけれど却下され、外務室から外され庶務室へ平文官として左遷させられたことを知った。

異世界からやってきたユージン従兄様の番さんは、行方が分からなくなって、彼女をユージン従兄様が捜していることも知った。

異世界からの番は、ユージン従兄様の帰国を待たずに王宮からどこかに出ていってしまった（どうも王宮でなにやらあったらしいけど、私は関係ないし知らない）らしい。やっぱり、クローディアと私のしたことは正しかったのだ。

番が分からない異世界の人の結婚相手は誰でもいいのだ、ユージン従兄様ではなくてもいい。宝珠の館に行かなかったのは予想外だったけれど、いなくなってくれたのならそれでいい。

彼女が自分で出ていくと決めて出ていったのだから、それを認めてあげたらいい。ユージン従兄様も出ていった人を捜すなんてやめて、私の元に来てくだされればいいのに。

「これも全て、あなたたちふたりが軽率な行動を取った結果です。いまだ、分かりませんか？　あなたたちが軽い気持ちで行ったことの結果、大勢の人の人生を変えてしまったことを」

指導担当の副神官長は、クローディアと私に対して呆れた様子でそういった。どうしてそんなに呆れているのか、なぜいつまで経っても〝反省した〟としてくれないのか……分からない。

どうしてユージン従兄様はいつまでも異世界から来た番さんを捜しているんだろう？　自分からいなくなった人なんて、捜してあげる必要はないのに。だってそうでしょう？　彼女の方から出ていったのよ、ユージン従兄様からの愛なんていらないって。

もし本当に番同士の想いだの絆だのがあるのなら、手紙や贈り物が届かない、そのくらいの障害は撥ね除けてほしい。そうだったのなら、私の胸の中にあるユージン従兄様への気持ちも落ち着いて、諦めもつくかもしれなかった。

けれど、実際はそうじゃなかった。番同士の想いや絆なんて、所詮は幻想のようなものだ。そんなものにしがみついているなんて、伯父のように家族や周囲の人間を傷つけて悲しませる結果にしかならない。

何度も神官にそう訴えても、取り合ってもらえず……私とクローディア、男爵令嬢と商家のお嬢さんの四人はずっと卒業できないまま、神学校で生活している。

途中、何人か入学してきた子がいたけれど、一ヶ月から三ヶ月くらいで神学校から出ていってしまう。私たち四人だけがずっと残されて、気がつけば季節は秋も終わりになっていた。

寒さが厳しくなってきた頃、呼び出しを受けてクローディアとふたりで副神官長の部屋へ向かうと、扉が開いて先客が出てきた。

「アデラお嬢様、クローディアお嬢様」

「チェリー？」

商家の娘で、通っていた学校で同級生の持ち物を盗んだとされて（それが本当なのか嘘なのか私には分からない）神学校に入れられたチェリーは、私たちの前で頭を下げた。

「どうしたの？　またお説教？」

クローディアの問いかけにチェリーは首を左右に振った。

「あたし、ここを卒業することになったんです」

「まあ！」

「チェリー、おめでとう。それで、ここを出てからはどうするのか決まった？」

「はい、王宮の下働きを。メイドの下働きからで、働き次第で下級メイドにしてもらえると」

「そう。よかった、これから頑張って」

「お嬢様方にはよくしてもらって、ありがとうございました」

神学校に入れられ、なかなか卒業できないでいる私たち四人には、連帯感というか友情が生まれていた。身分や立場は違っても、ここに入れられる理由もないのに放り込まれた仲間だから。

「こちらこそ！　チェリー、私たちがここを出てもお友達でいてね」

「え……でも、あたしは平民で」

「関係ないわ！　私、チェリーが好きよ。頑張り屋のチェリーを応援してるもの」

「そうね、ここで一緒に過ごした仲間だもの」

チェリーは私たちの言葉に嬉しそうに笑って、頷いた。

「アデラ、クローディア、入りなさい」

三人で話していると、いつまでも入ってこない私たちに声がかかって、チェリーとはいったん別れた。そのまま部屋に入ると、副神官長は私たちの顔を見てため息をついた。

「あなたたちに謝罪と弁明の機会を与えます」

「はい？」

「異世界からの番様にお会いして謝罪しなさい。そこで番様から許しを得ることができたら、ここを卒業することを許します」

空中庭園の端っこにある四阿（あずまや）、というかガゼボ？　パーゴラ？　そういう休憩場所に座って、私はお客様と向かい合う。私の横に座っているキムは不機嫌を隠そうともしない。長い尻尾が空いたベンチの座面を叩（たた）いている。

「ええと……あの、一体なんの御用でしょうか」

焦げ茶色のワンピース姿のアデラ嬢は客間で顔を合わせたときとは少し印象が違う。客間で会ったときは、まさに悲恋劇に出演中の舞台女優という感じだったけれど……今はなにか覚悟を持ったひとりの貴族令嬢という感じ。

それにしても驚いた。私に会いたいとやってきた人がアデラ嬢だとは思わなかった。

「……あなたにお聞きしたいことがあります」

「なんでしょう？」

メイドさんがお茶とお菓子をのせた白いワゴンを押してやってきた。新人なのか、慣れない手つきで紅茶を淹れる準備を始める。

「あなたの番、私の従兄であるユージン従兄様について正直にお聞かせ願いたいわ。あなたが彼をどう思っていらっしゃるのか」

ああ、そうか。私はその質問を投げかけられて納得した。

彼女は私の番であるユージン・オルコック伯爵令息のことを、心から愛しているのだ。彼女からしたら、私という存在は面白くないだろうし、自分が愛する男性をどう思っているか知りたいに違いない。

「……正直にお答えしますが、今はまだどうとも思っておりません」

「なっ！」

「私はまだ彼と一度もお会いしたことがないのです。書類で表面上のことは先ほど知りました、オオカミ獣人であるとか年齢とかお名前とか、第三王子の侍従兼護衛官であるとか」

私がまだ彼と会ったことがない、そういうとアデラ嬢は少し落ち着きを取り戻して椅子に座り直した。

「この後、初めてお会いします。ですから、お手紙とか贈り物をたくさん送ってくださっていた、気遣いのできる優しい方なのだろうと想像しています。今はまだそのくらいしか分かりません」

「……そうね、ユージン従兄様はとても紳士的でお優しい方だわ」

優しくされたことを思い出しているのか、アデラ嬢は一瞬微笑んだ。けれどすぐに厳しい表情を浮かべる。

「あなたがユージン従兄様とお会いしていないことは承知したわ。では、質問を変えます。あなたはユージン従兄様とどうなるおつもりなの？」

「……えっ」

「ユージン従兄様を一人の男性として愛して、ずっとずっと大切にしてくださる、そのつもりがおありなの？」

私は息を呑んだ。だって、アデラ嬢の目には強い怒りを感じたから。

彼女に好かれているとは思わなかった。だって、自分の好きな相手の運命の相手なんて、恋する乙女からしたら憎たらしい相手でしかない。でも、こんなに強い怒りを持たれるとは思っていなかった。

「どうなのですか？　あなたは違う世界から来て、番が分からない。ユージン従兄様はあなたを無条件に愛するけど、あなたはそうじゃない。あなたは彼を大切にする、一人の男性として愛するつもりで歩み寄らなくてはいけない。その覚悟が、あなたにはあるの？」

「……えっ……あの……」

答えられない。私が困っていると、アデラ嬢は大きなため息をついて視線を一点に据えた。

「どうぞ、お茶とお菓子を召し上がって。それからお返事を聞かせてください」

アデラ嬢はメイドさんにお茶を出すように指示し、テーブルにアイシングのかかった小さなカップケーキと、紅茶がサーブされる。濃い琥珀色の紅茶からは、果物のような甘い香りがした。

「……はい」

アデラ嬢は時間をくれただけで、私の答えは絶対に聞くという意志を見せた。答えなければ帰れない。どうしよう、困った。

白いティーカップに手を伸ばすと、「飲むなッ！」という声が聞こえて紅茶の入ったカップが宙を舞った。琥珀色のお茶が飛び散り、テーブルに降ってくる。

「え？」

隣にいたはずのキムが消えて、ドサッという重たい音とお茶を用意してくれたメイドさんの悲鳴が聞こえる。なにが起こったのか分からなくて、メイドさんのいた方に視線をやると彼女はキムに取り押さえられていた。

「おまえ、毒を仕込んだな!?」

毒？　紅茶に？　私はテーブルに広がる紅茶に視線を向ける。

「うっぐ……」

『言え！　俺の鼻を誤魔化せると思うなヨ？　香り強い茶で誤魔化したつもりなんだろうが、匂うんだヨ……毒の匂いがサ」

「どうして……」

メイドさんに毒を盛られる、全然分からない。

私がこのお城にいたとき、滞在していたのは南離宮と異世界課の入っていた文官区画だけ。こんな王族や高位貴族のいる奥の方には入ったことがなくて、当然メイドさんとも初対面。殺したいほど恨まれる理由なんてない。

「どうして？　逆に聞きたいわ、どうして恨まれていないと思ったの？」

アデラ嬢はゆっくりと席を立ち、私に一歩近づいた。

「あなたのその腕輪……白花だわ。それを贈った人があなたにはいる、将来を共にと願って贈られるそれをあなたは受け入れた。でもそれを贈ったのは、ユージン従兄様じゃない」

「……え？」

私の手首には華奢なブレスレットがある。それは、リアムさんから贈られたもの。私はお祭りのときに白花モチーフのアクセサリーを贈る、贈られる意味を知らなかった。

意味を知ったのは後からだった。

「あなたはユージン従兄様を選ばない、あなたを大切に想って誠実に扱ったユージン従兄様を、あなたは捨てるのでしょう？　酷い人」

アデラ嬢の手にはナイフが握られている。ケーキを切り分けるためのナイフだから、先端は丸くなっていて殺傷能力なんてない。切りつけられても、少し皮膚が傷つく程度。でも、私は動くことができなかった。

「本当に酷い人」

生まれて二十年、こんな正面切っての殺意をぶつけられたことなんてない。今までに貴族のご令嬢から厳しい言葉をたくさん投げつけられたけれど、彼女たちは私を遠くへやりたいだけで殺したいと思っていたわけじゃなかった。

「あなたが、嫌いよ。あなたさえこちらに来なければ、みんなが幸せになれたのに。あなたが、全て壊したのよ」

強い殺意と共にナイフを向けられて……私はすっかり腰が抜けてしまい、それでも逃げなくてはという気持ちでもって強引に体を動かした。

椅子から滑るように落ちて、私は四阿の床に尻もちをつく。そのままゆっくり後ろへ下がるけれど、アデラ嬢が近づいてくる方が早い。距離がどんどん縮まっていく。

「だから、死んでちょうだい。いなくなって」

手にしたナイフがキラキラと輝いて、光る膜のようなものを纏(まと)った。魔法？　白く光る膜のようなものはナイフ全体をその形に沿うように覆い、先端を鋭く尖(とが)らせた。

「消えて、お願い。そうしたら、みんな幸せになれるわ」

私の体は固まった。

みんなが幸せになれる、このセリフを過去にも聞いた。

みんなが幸せになれる、私が犠牲になれば、私がいなくなれば。

「お嬢さんッ！」

暴れるメイドさんを押さえつけているキムの声が遠くに聞こえて、魔法を帯びたナイフを持つアデラ嬢が突進してきた。

アデラ嬢の綺麗(きれい)な顔が般若のように歪(ゆが)んで、小さな手に握られたナイフはスローモーションのようにゆっくりと私の胸に向かって突き出される。私は、衝撃と激痛を覚悟して強く目を閉じた。


「どうしてッ！」

予想していた衝撃も激痛もなく心の底から出た悲鳴のような声とナイフが地面に叩きつけられる音が響いた。ゆっくりと目を開けると、アデラ嬢と私の間に割って入った人物の背中と長い尻尾が見える。

「どうして、その人を庇(かば)うの!?　どうしてッ！」

「…………どう、して」

私の口からも、アデラ嬢と同じ言葉が零れた。だって、その背中にも長い尻尾にも私は見覚えがあったから。見間違えるなんてあり得ない。

一緒にお祭りを見に出かけて、クルトさんの番云々って貴族のご令嬢に絡まれたときにもこうして私を背中に庇ってくれた。その背中と尻尾を、見間違うはずがない。

「ユージン従兄様！　どうしてっどうしてなのっ！」

「黙れ、アデラ」

庭園に入ってきた騎士さんたちがアデラ嬢を拘束して、先にメイドさんを拘束していたキムの方へ突き出した。メイドさんはキムに押さえつけられながらも暴れたせいか、ぼろぼろになっている。

「遅いヨ？　お嬢さんが傷つけられるんじゃないかって、ヒヤヒヤしたネ」

「そんなヘマはしない」

「どーだかネ。で、この子たちの始末はどうしたいかナ？　キミが自分でするか、こっちに任せるか決めてヨ」

「……そちらに任せる。構っている時間が惜しいからな」

「ま、そうだよネ。こっちは任されたヨ」

キムが片手を上げると、どこかに控えていたらしい騎士さんたちがメイドさんとアデラ嬢の手に縄を掛ける。縄は魔法の品らしく、両手首を後ろ手に自動でぐるぐるっと縛り上げた。

「ま、待って！　ユージン従兄様、どうしてなのですか？　どうしてその人を庇って守るの？　その人は従兄様を待たず、捨てて飛び出していってしまったのよ！　番だってことも分からないわ！

別の誰かから白花の腕輪を贈られて、それを受け取ったのよ！　ユージン従兄様を大事にするつもりなんてない、そんな人をどうしてっ」

アデラ嬢の言葉が胸に痛い。彼女の言う通りだ。

異世界からやってきた番は、この世界にいる番の迎えを待つもの。基本的にお披露目会の開催中に迎えに来てもらえるけれど、来られなかった場合は来られるまで王都で過ごす。それがここでの〝当たり前〟だ。

けれど、私は自分が求められていないと思っていたし、自分の置かれた場所に我慢ができなくて、番を待たずに国から逃げるように飛び出した。迎えに来てもらえるなんて、思ってもいなかったから。

私には私の事情も理由もあった。それと同時に、アデラ嬢にはアデラ嬢の想いがあった。

自分の好きになった人が大事にされないなんて、それは……納得いかないだろう。ただでさえ私という存在が気に入らないのに、納得いくわけがない。

「彼女が俺を待てなかったことに理由はあるし、俺はその理由に納得している。そもそもの原因は、俺がお披露目会に迎えに行けなかったことにあるからだ」

「だからって！」

「アデラ」

名前を呼ばれたアデラ嬢はビクッと大きく体を震わせて、脱力した様子でその場にしゃがみ込んだ。その彼女に同じように縛られているメイドさんが寄り添う。

「俺はキミに対して、親戚として従兄としての情以外持っていない。以前、婿入りの話をキミの父上からいただいたが、お断りしている」

「……っ」

「俺には大切な人がいる。キミにもきっと現れるだろう、その男を想い添うべきだ。その機会が与えられるかどうかは、今後のキミ次第になるが」

「ユージン従兄様……私はっ」

「キミの幸せを祈っている、従兄として」

「ユージン従兄様……」

「それに、彼女に白花の腕輪を贈ったのは、俺だ」

「嘘っ！　嫌、嫌よ、こんなことってないわ……！」

アデラ嬢は大きな瞳から大粒の涙をぽろぽろと零した。そんなに泣いたら目が溶けちゃうんじゃないかってくらい、たくさんの涙を零しながら騎士さんに連れていかれてしまった。

「……お嬢さん、大丈夫かナ？」

呆然としたまま、アデラ嬢とメイドさんが騎士さんたちに連れていかれるのを見送っていると、キムが私の顔を覗き込んだ。

「え、う、うん……」

「ならいいけどサ。で、丁度いいからこのまま話をしなよネ？」

「……キム、でも」

さっきアデラ嬢に殺意を向けられて怖かったのも手伝って、混乱しているのが自分でも分かる。とても不安だし自分がどうしたらいいのかも分からない。そんな状態なのに、キムがそばから離れるというから私はついキムの服の裾を掴(つか)んでしまった。

「……いやいや、その、お嬢さん。不安なのは分かるんだけどサ？　コレはちょっとマズいヨ？」

「でも、キムは私の護衛として付いているんだよね？」

「いやいやいや？　そうだけど、そうなんだけどサ。いろいろとやらかしてる俺を信頼してくれるのも嬉(うれ)しいんだけどネ？　でもなんだか横からの圧がすごくて、俺の素敵な毛並みが円形になくなりそうヨ」

「キム！」

「……お嬢さん、ちゃんと話すんだヨ。そういう約束だったよネ？　お嬢さんにとっては今更な話かもしれないけれど、話をちゃんと聞いて、それを踏まえて自分のことは自分で決めるんだヨ。俺は庭園の入り口に控えてるから、どうしようもなくなったら呼んでヨ。すぐに駆けつけるからサ」

圧がどうって話は全然理解できなかったけども、確かに話をするのは決まっていたことだ。私は「約束だよ」とキムの服の裾を放す。

キムは「ちゃんと話をするんだヨ」と再度いってから、足早に庭園の入り口の方へと姿を消してしまった。

気がつけば、メイドさんがお茶やお菓子を運んできたワゴンも、四阿のテーブルにセットされていたキム曰(いわ)く毒入りのお茶も片付けられている。

冷気を含んだ風が四阿の中を吹き抜けて、周囲にある植物の葉を揺らし、庭園に遊びに来ている小鳥の声と水路を流れる水音が聞こえた。ついさっきまで殺意を乗せた、魔法を纏ったナイフを向けられていたとは思えない、穏やかな冬の景色がここにある。

信じられない。この穏やかな景色の中でさっきまでの出来事が起こったなんて。

「……大丈夫か？」

声をかけられて、私はハッとした。庭園からキムがいなくなった時点で、自分ひとりきりのつもりになっていたけれどそうじゃない。

「…………はい。その、おケガは大丈夫ですか？　ミッドセアのお屋敷で大きなケガをされましたよね」

ウェルース王国のミッドセアという街に滞在していたとき、ランダース商会のマダムヘレンとのお茶会中に乱闘騒ぎがあった。そのとき、リアムさんはキムと獣姿で戦って大きなケガをしたのだ。

「ああ、ケガならもう平気だ。もうじき腕を吊る必要もなくなる予定だから」

「よかった」

白い三角巾で吊っている腕の状態は痛々しいし、不自由そうだ。それでも、もうそれも取れると聞いて安心する。

「その、まだ落ち着いてはいないだろうし、今更だと思われていると承知はしているのだが……話をさせてほしい」

「……はい」

私はしっかりと、女神様が決めたらしい私の番相手を正面から見つめた。

黒色の華やかでありつつかっちりとした制服、白色のシャツに紺色のネクタイ、左腕を三角巾で吊っている以外は王宮に勤める上級文官だ。その制服を纏っている人物を私はすでに知っている。

忘れたくても忘れられない。

「改めて、自分はあなたの番、ユージン・リアム・オルコック。お披露目会の開催中に迎えに行くことができず、申し訳なかった」

リアムさんはそう言って、椅子に座る私の前で膝をついて私の手を掬(すく)い上げた。

「……私の番だというあなたには、お聞きしたいことがたくさんありました。いいたいこともたくさん」

「ああ、そうだろう」

「でも、いざとなると……なにをお聞きしたかったのかいいたかったのか、分からないです」

素直にいえば、リアムさんは苦笑いをして頷(うなず)いた。

「じゃあ、俺の話をまずは聞いて……都度聞きたいこと、知りたいことがあったらいって」

「分かりました」

私の斜め前辺りに椅子を置き、そこに座ったリアムさんはウェルース王国で過ごしたときと同じ口調になった。それにホッとした自分がいる。

「あのネコ野郎が、俺の戸籍についてキミの不安を煽(あお)ったと聞いた。リアムは俺の二つ目の名前、ガルシアは母の旧姓になる。キミを捜してそばに行くために名乗り、王子殿下と母の嫁ぎ先である商家に頼んで、商業ギルドの職員という立場を用意してもらった。だから確かにリアム・ガルシアという男は正式な書類上この世には存在していない。不安にさせてすまなかった」

「どうして偽名を？」

王子殿下たちの協力を得なくても、本名のまま商業ギルドの仕事を得ることはできたんじゃないだろうか？　私を捜すために名前の変更は必要なかったように思える。自分が女神の決めた番だといって迎えに来ても問題ないはずだ。

「……キミは女神が最初にかけた魔法が解けている、そう聞いた。ファルコナー伯にケガをさせられた衝撃で解けて、俺が求婚しても受けてもらえる状態ではないだろうと」

女神様が異世界から呼ぶ人間にかける魔法。それは、向こうの世界のことをあまり思い出さないようになるとか、残してきた家族や友人のことを考えなくするとか、番相手やこちらの世界のことに対して優先的に意識を向ける、といったものらしい。

もしお披露目会が始まってすぐリアムさんが私を迎えに来てくれていたら、きっと私はリアムさんの手を取って彼に恋をして、結婚して子どもを産んでという、多くの異世界から来た番が歩んだ道を進んだだろうと思う。

「もし俺が番だから迎えに来た、といって名乗り出たとしても受け入れてはもらえないように思えたんだ。ウェイイルで働いていたときに、キミは番なんだと俺が現れて、好きになって受け入れてくれた？」

「それは……その、分かりません」

当時私の中ではもう女神様の決めた相手、という人は過去の人になっていた。だって、番さんの方が私をいらないって考えて捨てたと思っていたから。

「だから、女神が決めた番としてではなく貴族としてでもない……ただの男としてキミと出会って、口説いて、俺を好きになってもらおうと思った。女神とは関係なく、縁を結びたかった。だから、名前を変えて商業ギルドの守衛になってキミに会いに行った」

女神様が決めた番という縁ではなく、自分たちで繋いだ縁にしたいという言葉に、私の胸はぎゅっと締めつけられた。

「国を勝手に飛び出していた私をよく見つけられましたね？　それに、名前もレイではなくレイナだってことも」

「殿下と一緒に帰国してすぐにマッケンジー殿のところに行ったけれど、キミはすでに行方不明になっていた。魔法で手紙を送ろうとしたが、名前が違っているせいで送れなかった。だから、キミの従妹殿に会いに行った」

「え？　杏奈に？」

リアムさんは大きく頷いた。

「杏奈は国の南にある街に番さんと行ったのですが、わざわざ訪ねたのですか？」

「そうだよ、キミの本当の名前を知っているのは従妹殿しかいない。彼女に聞かなくては、キミの本当の名前が分からない」

王都から杏奈のいる南の街までは結構遠かったはずだ。それなのに、わざわざ出向くなんて。

「大変、だったのではないですか？」

「ああ、大変だった。キミの従妹殿にはひどく怒られてしまったし、ファルコナー伯と従妹殿の関係が……その、また大きくこじれてしまって。それは、なんだか申し訳なかったよ」

そのときのことを思い出したのか、リアムさんは困ったような表情を浮かべた。

杏奈は口も達者だし、素直に自分の思ったことや感情を表に出す方だ。きっとリアムさんにキツく当たったに違いない。

「その、すみませんでした。杏奈、いろいろいったのでは？」

「従妹殿が怒るのも当然だから、謝る必要はない。俺の方こそ、すまなかった」

「……杏奈は元気でしたか？　伯爵様とは仲良くできていましたか？」

杏奈が番のクマさんと一緒に領地に向かったときから会ってはいない。一度だけ大公閣下のお屋敷で手紙のやり取りをしたけれど、手紙もそれきりになっている。

「元気ではいらした。番のファルコナー伯との関係は、なんともいえないな。仲が悪いとはいえないが、良いともいえない……まだ従妹殿の中では、ファルコナー伯がキミに大ケガを負わせたことが引っかかっているのだろう。心を通わせているとはいいがたい感じだった」

「杏奈……」

「俺が出向いたために、従妹殿が知らないでいたことが耳に入ってしまって……彼女は大層お怒りだったよ。ファルコナー伯との関係がその後どうなったのか、それは分からない」

お披露目会が開かれている間、杏奈と番のクマさんの関係は私の目から見てもあまり良好とはいえなかった。杏奈はずっと番のクマさんを警戒して、打ち解けようとはしなかった。番のクマさんの方が杏奈に心を開いてもらおうと、必死でプレゼントをしたり出し物を見に誘ったりしていたのを覚えている。

それでも、クマさんの領地に出発する頃には多少の関係改善がみられていたのに、杏奈の中ではまだ暴力事件は解決できていないのかもしれない。

「まあ、そこで従妹殿からキミの名前を教えてもらった。レイナ、という名前だと」

リアムさんは私の手を少し強く握り直した。

「すぐに魔法での手紙をキミに送ったが、届く距離にいない、国内にはいないことが分かった。キミが国内にいないのなら、どこの国に行ったのかを必死で捜した。各検問所で控えられた出国票を全て調べて、時間はかかったがキミがランダース商会に属する商隊の一員として国を出たことが分かった。最終的な行先がウェルース王国の王都にある本店だということも、確認できた」

「……それで、商業ギルドの職員としてウェルース王国に？」

「兄から聞いたかもしれないが、俺は次男でオルコック伯爵家を出る身だ。最初から貴族ではなく、庶民として生きていくことは決まっていたことだ。だったらいい機会だと、平民でギルドの守衛を仕事に持っているという身分でキミを迎えようと思ったんだ」

先に貴族籍を抜けようとしたけれど、お兄さんであるオルコック伯爵様に私を実際に迎えると確定してからにしろといわれて、仮の立場を作ったらしい。

リアムさんの三角の耳が伏せられ、椅子の背もたれから零れた尻尾が震えるのが見えた。

「リアムさん……」

「商会で一生懸命に働いているキミを見つけたとき、キミはもうこの見知らぬ世界で、自分の足で立って生活していた。働くキミは格好良くて、眩しくて、番避けの魔導具をつけているのに、心臓が破裂しそうなほどドキドキしたよ」

番避けの魔導具、そういわれてよく見ればリアムさんの左耳には小さなピアスがついている。銀色の台に黒色の宝石がついたシンプルなものだ、きっとあれが番避けの魔導具なんだろう。

「同時に、キミは番がいなくてもやっていけるんだってことを認識させられて、悲しくて寂しくて、絶望した」

俯きがちなリアムさんの青い瞳には、絶望が僅かに見えた。

「おかしいだろう？　女神の魔法が解けてしまったキミに、今更会いに行って口説いても、受け入れてもらえないかもしれない。なのに、俺は……いつもキミと一緒の未来を思い描いていた。女神のお告げがあった十八のときからずっと、愛しいキミと共にしたいことばかり考えていた」

私はリアムさんの手を握り返した。その手は私の記憶にあったまま、大きくて温かい。

「レイ……レイナ、キミが好きだ。番だからというだけじゃない。魔導具で番としての想いを遮断しても、商会で元気に働くキミを見て、好きだという気持ちが膨らんだ」

手が強く握り返される。

「一緒に食事に出かけたり、祭りに行ってくれたりする関係になれて嬉しかった。番なんて縁はなくても、好きになってもらえるかもしれないと思ったし、頑張るキミを一層大事にしたいと思った」

体中の血が沸き上がるように熱くなって、自分でも顔や耳が赤くなっているのが分かる。すごく、恥ずかしい。

生まれて二十年、一度も彼氏ができたことなんてなくて、当然告白なんてされたこともない。男の人から好きだの、想っているだのいわれたら……さらにそれが自分が恋していた相手からなんだから、嬉しいと同時に恥ずかしいいし、照れる。

「今すぐ同じ気持ちを返してほしいなんて思わない。キミのいた世界では女神が決めた番の縁なんてなくて、出会ってすぐに惹かれ合うわけじゃないんだろう？」

「……はい」

頭の中が真っ白になって、短い返事を返すだけで精いっぱいになる。

「だから今更だと思われても、キミに好きになってもらう努力を今後も俺は続ける。女神の決めた番の縁なんて関係なく、俺を好きになってもらえるように。キミのそばにあることを、まずは許してほしい」

その言葉に返事をしようとした瞬間、大きな声が聞こえた。

「どうしてッ！　女神なんて大っ嫌いよォ！　番なんてなくなればいいいんだわッ！　どうして私だけこんな目にあわなきゃいけないのッ！」

ふわふわとした気持ちを吹き飛ばす、金切り声。怒りや不満がたっぷり籠もっている……その声には聞き覚えがあった。さっきまで聞いていたから、忘れようがない。

「うるさいぞ、静かにしろ」

「なによなによなによッ！　あの女がいなければみんなが幸せになれたのに、女神があの女を呼んだりするからッ！　全部全部女神とあの女がいけないのよ、私は悪くないわ！」

「うるさい、黙れ！」

「なにをっ……むぐぅっ！　むうっむううっ」

「さっさと歩け」

アデラ嬢の声だった。最後の方は声を封じられたみたいでモゴモゴいっていたけれど、聞き間違えるわけがない。彼女の胸の内にあった感情だって、忘れられるわけがない。

氷の入った冷水を頭から被ったみたいに、私の心は落ち着いた。さっきまでのふわふわして、頭が真っ白になるような気恥ずかしかった感情が消える。

声のした方に視線をやれば、庭園の下階にある細い道を騎士さんたちに連れられたアデラ嬢とメイドさんが歩いていくのが見えた。

「レイナ？」

「あっ……いえ、大丈夫です」

アデラ嬢の殺意を思い出して、ブルッと体が震えた。同時に冷たい風が四阿の中を吹き抜けて、小さなくしゃみが出る。

「……冷えてきたな。室内へ戻ろう」

「はい」

差し出された手を取って四阿を出て、庭園の小道をゆっくり歩く。

庭園の出入り口には約束通りキムがいて、リアムさんと私の姿を見つけると肩を竦(すく)める。

「話は……一応済んだみたいだネ？」

「うん」

「で？　今後どうするかは決まったのかナ？」

私は首を左右に振った。

リアムさんの事情は理解したし、気持ちだって嬉しい。それでも、今すぐに答えは出せない。

「リアムさん」

横に立つリアムさんを見上げ、私は背筋を伸ばした。

「事情は分かりました。その、お気持ちも嬉しいです。でも、今すぐお返事はできません。リアムさんのお気持ちに添えるようなお返事ができるかも、分かりません。いろいろ考えるための時間を、いただけますか？」

「ああ、もちろんだ。それに、俺はキミを諦めるつもりはないから。それは承知しておいて」

えっ？　思いもよらない諦めない宣言に驚いていると、キムの軽薄そうな笑い声が響いた。

「まあ、そりゃあそうだよネ。お嬢さん、そこは受け入れないといけないヨ？」

「えっ？　えっ？」

「獣人の番への愛を舐めてもらっちゃあ困るヨ！　生涯でたった一人の愛おしい相手だもの、諦められるわけがないよネ。この男はお嬢さんのこと、三年も待ってたんだヨ？　それにサ」

リアムさんは私の手を掬い取って、チュッとキスを落とした。

「番と出会ったら最後、番しか愛せないんだヨ。逃がさないし、受け入れてもらえるまで口説いて口説いて口説きまくるに決まってるサ」

「えっ……えっ……」

再び手にチュッとキスが落とされて、私は再び顔から首まで熱くなって、意識が飛びそうだ。気を失いそう！　と思ったけれど、思っただけだった。

私はこの世界に呼ばれてその理由を説明されたときも、気を失うことがなかった。都合よく意識を失うようなことなんてできない。でも、混乱はしている。

「まあ、今日のところはここまでってことで。イーデン執事長とコニーが迎えに来てるから、大公家のタウンハウスに帰って休みなヨ」

「……うん」

のぼせたような感覚のまま、私はリアムさんとキムに付き添われ王宮の車寄せまで移動した。

キムからは、タウンハウスでゆっくり休んでこの先のことを考えること、王太子殿下のおっしゃっていた〝希望〟についても考えるようにと宿題を出される。

年末の王宮はパーティーやイベントで忙しいから、年明けまで時間が取られているらしく、焦って答えを出す必要はないようで安心した。

リアムさんからは、手紙を送るし時間ができたら出かけようとお誘いを受けた。ただ、王宮勤務のリアムさんはやっぱり忙しいらしい。すぐにお出かけは無理なようだ。

情報過多と生まれて初めての告白で頭が沸騰し、混乱の極みにいた私は、迎えに来てくれた執事長とコニーさんと共に馬車に乗り込む。

窓から見えるリアムさんが寂しそうに見えたのは、私の気持ちの問題なのか。誰か教えてほしい。

閑話　ヴィクター・キム・オルグレンの懺悔（ざんげ）

お嬢さんを乗せて遠ざかっていく馬車を見送ると、隣にいる男から強い圧を感じた。俺の滑らかで艶（つや）やかな毛並みが逆立つほどに強い圧だ。

「……そんな怒らなくてもいいでショ？　俺の毛並みに丸くハゲができちゃうから、やめてネ」

「立場が逆だったら、その言葉をいえるか？」

「あー、まあ……無理だネ！」

俺の可愛（かわい）い人が別の男どもに連れ去られて、同じ馬車でずっと移動して、別の部屋だとしても同じ宿に寝泊まりして、一緒にメシを食って、一緒に出かける……そんなの許せるわけない。一緒にいた男全員タコ殴りだ。

　心情的には同じだろうが、それをこの男は実行したりはしない。そういう意味では、お嬢さんの番(つがい)相手ユージン・オルコックは紳士的だ。俺なら実行してる。

「お嬢さんへの手紙や贈り物は、アディンゼル大公家の屋敷に頼むヨ。お嬢さんに関する責任の所在は、哀れなお披露目会担当文官殿からアディンゼル大公に代わったからネ」

「……分かった」

「それから大公閣下からの伝言、お嬢さんに対して装飾品の類(たぐい)やドレスなんかの洋服を贈ることは当分のあいだ禁止だヨ。デートのお誘いは事前にお伺いを立ててネ、勝手に誘ったり連れ出したりしないコト」

　隣からグルルッという低い唸(うな)り声が少しだけ聞こえた。まあ、俺たち獣人は愛する番に贈り物をしたい性質を持っているから、贈り物として定番の宝石や服を禁止されては苦しいだろう。

「まだお嬢さんの気持ちが落ち着いてないからネ。贈り物をすることを永遠に禁止するなんていってないヨ、お嬢さんが落ち着いて先のことをゆっくり考える時間を作れってことサ」

「……分かった」

「それと、まあ……その、悪かったヨ。お嬢さんとの関係を、いちから築いてる途中で攫(さら)うようなことになってサ」

　自分が女神の決めた番だっていわずに、番避(よ)けの魔導具を身に着けて、名前を変えて貴族って身分も王宮文官って職歴も捨てて、ただ一人の男としてお嬢さんのそばにいて新しい縁を作り出そうとしているとは、思わなかった。

もし、俺たちがあのときウェルース王国からお嬢さんを連れ出さなかったら、オオカミくんとお嬢さんは案外そのまま上手くまとまったんじゃないかって思ったりもする。

「もう済んでしまったことだ」

オオカミくんはそういって大きなため息を零し、足早に王宮内に入っていってしまった。

彼が籍を置いている王子・王女室は基本的に忙しいが、年末のパーティーや数多く開催される行事に関わるから特に今の時期は忙しい。王子殿下の責任だから、と本来の仕事から一年近く離れてウェルース王国でお嬢さんのそばにいたのだから、その分なおのこと忙しいだろう。

「ま、それでもお嬢さんへの手紙や贈り物は自分で手配するんだろうなぁ……獣人としての本能だもん、やらずにはいられないよネェ」

オオカミくんが行った方向とは別の方向へ足を向ける。外部にある小さな脇道を通って、奥へ奥へと進めば明るかった王宮が徐々に暗くなって、細く入り組んだ様子を見せる。王宮で働く者も滅多に近づかない、敷地の一番西の端っこ。そこには小さな四角い建物がぽつんと立っている。

「オルグレン殿」

「やあ、遅くなって悪かったネ」

「いいえ、問題ありません」

「で、あの娘っ子たちはどうしてるかナ？」

なんの装飾もないただの箱のような建物の扉を開ければ、警備で常駐している騎士が首を左右に振った。

「それぞれ地下牢に入れました。下働きの娘の方は大人しくしていますが、ご令嬢の方は……」

「体力と元気があるんだネ。いいことだヨ」

小さな建物の中には地下へと続く階段がある。ゆっくりと下りていけば、地下から女の叫び声が響く。まだ叫ぶ元気があるようで、若いってことは素晴らしいなと感心した。

地下には左右に牢屋が六部屋ずつ並んでいて、右側の一番手前に下働きの娘、一番奥に例のご令嬢が入れられている。

「さて、簡単に済む方から片付けようかネ」

手前の牢屋に入れられた下働きちゃんは、部屋の隅っこに座って震えていた。

「ええと、見習い下働きのチェリーさん？　穀物を扱っている商家の次女、で間違いはないよネ？」

震える彼女は俺の顔を見ると、飛び跳ねるように驚いて一層体を震わせた。庭園で押さえつけたことで怯えられているようだ。

「どうしてお茶に毒なんか入れたのかナ？　そんなことして自分が無事でいられるわけなんかないのにサ」

「……だって、お嬢様が、そうしてほしいっていうから」

「お嬢様って、アデラ・エーメリーのことかナ？」

下働きちゃんは頷いた。

「だって、お嬢様の想い人は異世界から来た人との関係を終わらせて、お嬢様のところに来たがっているって。想い人さんは番避けの魔導具をつけているから、異世界からの人への想いはないんだって……そう聞いて」

「ふぅん、それで毒を盛って殺してやろうってなったのかナ？」

「殺すだなんてッ！　あの薬を飲んだら、少し体が痺れて数時間体が動かなくなるだけだって」

「実際にはその毒、あの紅茶一杯飲んだら死んじゃうくらい強いものだったんだヨ。そんな猛毒、どこで手に入れたのかナ？」

「それは……」

下働きちゃんが言葉を濁したとき、地上に続く階段から淡い緑色に光る小鳥が入ってきて俺の手元で一枚の紙に姿を変えた。それは大公閣下からの手紙だった。

「…………さて、見習い下働きのチェリーさん。分かっているとは思うけども、キミは只今をもって下働きの職を解雇されるヨ」

「そんなっ！」

「当たり前だよネ？　平気でお茶に毒を入れるような使用人を、誰が雇いたいって思うのサ。だから、クビ」

下働きちゃんは顔を床に擦りつけるようにして、その場で号泣し始めた。今更後悔しても、泣いてもどうにもならない。

「本来なら、罪人として厳しく処罰されるところなんだけどネ。毒の入手先を素直に話してくれたら、こちらもいろいろ考えるんだけどサ。どうする？」

「……え？」

「ちなみに、キミのご家族は〝チェリーはすでに成人しておりますから、法に則った処罰を願います。当家からはすでに自立した者です〟っていってきたヨ」

「……」

「で、話す？　話さない？　ちなみに、話さなかったらキミは罪人としてしかるべき収容所に送られて、数年は出てこられないヨ」

そう現実を突きつければ、下働きちゃんはまた泣いた。だから、泣いてもどうにもならないのに。

「話してくれたら、キミが送られる先が変わるヨ。話してくれなかった場合、キミが送られるのは東側の国境沿いの深い森の中にある収容所になるネ。そこは豊かな自然が残っている場所で、大きく成長した昆虫類がたくさん生息してるって話だヨ。キミはそこの収容所で、捕獲された巨大な昆虫を解体する作業をすることになるネ、何年くらいかナ？　三年？　四年？　もっとかもネ」

「…………」

一頻り泣いてから、彼女は小さな声で自分に毒を都合してくれた人物の名前を告白した。それは、彼女たちが在籍していた神学校で一緒だった男爵家の庶子令嬢の名前。

「教えてくれてありがとネ！　キミは国の北にあるカリディフって街にある神学校、ここはキミがいたところと違ってちゃんと神官になるために学生が勉強してる学校ネ。そこの下働きをしてもらうヨ」

「下働き……？」

「掃除、洗濯、食事の下準備、そういう雑用仕事。キミのことは神官たちがずっと監視してるからネ、許可が出るまで学校の敷地から出ることはできない」

取引に応じた彼女を罪人としないのは、彼女が神学校に通う原因となった、クラスメイトの私物を盗んだという事件が冤罪だったと分かったからだ。本人はずっと冤罪だと訴えていたけど、盗んだといった子らが豪商の娘たちだったから信じてもらえず、調査もしてもらえなかったらしい。

冤罪で学校を退学になって、泥棒呼ばわりされて辛い思いをした……そこを踏まえての処置だ。甘い処置だが、カリディフはものすごく寒いから、そこでの雑用はものすごく辛い。甘えて暮らしてきた下働きちゃんには、十分に罰になるだろう。

「三日後に迎えが来るから、その人と一緒に行くようにネ」

彼女は泣きながら、何度も頷いた。


俺が下働きちゃんと話している間も、ずっとご令嬢は叫んで騒いでいた。声が枯れつつあるっていうのに、よくやる。

「やあ、元気そうでなによりだヨ」

地下牢の一番奥にまで移動すると、ご令嬢は叫ぶのをやめた。そして俺を睨みつけてくる。

「あなたっ、あの女と一緒にいた！　なんなのよ、私の邪魔ばかりしてッ！」

「邪魔したっていうんなら、キミが従兄殿の幸せを邪魔したのが全ての始まりだったと思うけどネ」

視界の隅で何かが動くのが見えて、そちらに目をやれば魔法で小鳥に姿を変えた手紙がまた飛んできた。二羽連なっていて、どちらも俺の手元で小鳥から紙に姿を変える。

一通はエーメリー子爵家に行った文官から、もう一通は大公閣下からだ。俺は双方の中身を確認してから、改めてご令嬢の前に立った。

薄暗くて湿った室内、簡易的な寝台と用足しに使う壺しかない地下牢に入れられても、ご令嬢は気力を失っていなかった。この気力を別の方向にもっていけば、一端の女子爵になれたかもしれないのに、脳内に花が咲き乱れているっていうのは罪深い。

「本日をもって、あなたはエーメリー子爵家より除籍、絶縁されたヨ。貴族ではなく、一般庶民に、平民になりましたとサ」

「嘘よ！　お父様がそんなことなさるわけがないわ、だって私は嫡子よ。ユージン従兄様に婿に来ていただいて、子爵家を私と共に盛り立てていくのだもの！」

「それはまあ、残念ながら所詮キミの妄想だネェ……」

最初に届いた、子爵の署名と王宮で処理された証の印がある書類の写しを見せてあげる。長女アデラをエーメリー子爵家の籍から抜いて、家との縁を切る、と当主が届け出て王宮ですでに処理されている証拠だ。

「……う、嘘よ……お父様がそんなこと！」

「仕方がないよネ？　キミは従兄殿の番を毒殺しようとしたんだからサ。結果的に未遂で済んだけど犯罪者には変わりないんだヨ。そんな娘を、貴族の家にはおいておけないじゃないカ」

「そ、それはっ……実際に毒を入れたのはチェリーよ！」

「確かに実行犯は別にいるけどサ。殺人を命じた人、命じられて実行した人がいる場合、当然どちらも罪に問われるんだヨ」

この国の法律による解釈を説明すれば、ご令嬢は顔を真っ青にしてその場に座り込んだ。自分が貴族ではなくなったこと、自分の罪が重いことをようやく自覚し始めたって感じかな。

「キミはもう貴族のご令嬢じゃない、平民の犯罪者になったんだヨ」

「嘘！　嘘！」

「嘘じゃないヨ。嘘なんかついてどうなるっていうのサ」

ご令嬢は両手で鉄格子を掴(つか)んで、ガシャガシャと力一杯揺らした。当然鉄格子は外れることはなくて、ただ耳障りな金属音を響かせるだけなのに、ご令嬢はしばらくの間鉄格子を揺らし続けた。

「……じゃ、話の続き、いいかナ？」

書類の写しを片付けると、もう一枚の手紙に書かれた内容を確認する。そして肩で息をしているご令嬢を見下ろした。

金色の髪、ヘーゼルの瞳に白い肌、整った顔立ちをした子爵家の跡取り娘……だったご令嬢。年齢は十七、きっと大人しくしていれば二、三年のうちに自分の番と出会うことができた可能性が高い。番と出会ってしまえば、初恋相手の従兄のことなんて思い出の彼方(かなた)に飛んでいってしまうだろうに。

この先、彼女は番と出会うことはないだろう。彼女の番だった男は数年のうちに自分は番を得られない、と判断して番避けの魔導具を身に着けて他の相手を選ぶのだ。お花畑に暮らしていた愚かな番のせいで。お気の毒に。

「キミはたくさん罪を犯したネ。殺人を計画し他人に実行させたこと。大切な書類や手紙を自分勝手な理由で抜き取ったこと、従兄殿が番へと送った贈り物を盗んだこと。それに対する反省も謝罪も全くない。だから、キミには南西にある収容施設に入ってもらうヨ」

「南西……？　まさか、サザーズベリー収容所？」

「知ってるのなら話が早いネ。アラミイヤ国との国境に広がる砂海、その真ん中にある収容所の女子棟への入所だネ。うちの国の中では一、二を争う厳しい環境の収容施設になるから、頑張って。

ああ、期間は十年。キミの生活態度次第では短くなるかもしれないし、長くなるかもしれないヨ。気を付けて」

「い、いやあああ！　いやっ！　いやよぉ！」

「サザーズベリーは暑いし、砂っぽいし、乾燥がすごいらしいヨ。刑務作業は熱い砂の中から輝石を探すこと、砂海に出現する魔物の討伐と解体、解体された魔物の皮やら肉の加工だってサ」

「ひっ！　魔物なんて無理よ……熱い砂だって無理。嫌ッ嫌よ、どうして私にばかりそんな辛いことを……酷いわ!!」

元ご令嬢は小さく呟きながら、両手で自分の体を抱きしめた。自分が近いうちに送られる場所での生活を想像して、恐怖に震えている。まあ、実際は彼女が想像していることの十倍は辛い思いをするだろう。

「どうしてって、そりゃあ決まってるよネ」

「……え？」

「キミがしでかしたことに対する罰だから、だヨ」

「いやあああああっ」

サザーズベリー収容所への出発は明日の朝だと伝え階段を上れば、背後の地下牢からは叫び声の代わりに悲鳴が聞こえるようになった。

地上にある警備員の詰所に上がれば、また小鳥の姿をした書類が飛んできた。その書類には、お嬢さんに飲ませようとした猛毒を用意した男爵家の庶子令嬢が、男爵家から除籍されてカリディフよりもさらに北にある、国で一番厳しい修道院に入れられることが決まったと書かれていた。その修道院に一度入ったら最後、死ぬまで出られないといわれているところだ。

男爵家も庶子の娘に問題を起こされて神学校に入れたのに、その先で知り合った令嬢と共にまた問題を起こしたため、彼女を切り捨てることにしたようだ。

「ま、そんなところだろうネ」

「オルグレン殿？」

警備の担当者に不思議そうな顔をされて、なんでもないと返事をした。

「元令嬢の方は明日の朝に、元下働きの方は三日後に担当者が迎えに来るからサ。引き渡しをよろしく頼むヨ」

「承知しました」

これでお嬢さんの周囲にあった問題の大部分が片付いたように思える。伯爵令嬢がひとり残っているが、責任を取って兄の伯爵自身が職を解かれ左遷されているし、令嬢本人が一年間の謹慎と社交禁止を受け入れているので、甘い処置だけれど未成年故に許されたんだろう。

とはいっても、お嬢さん自身は彼女らへの処罰なんて望んでもいないだろうし、気にもしていないだろうから……あくまでこちらの都合だけの処罰だ。

年末の夜会に向けて、忙しない感じのする王宮に向かって細い裏道を進む。あちこちでメイドや侍女、侍従たちが行き交っていて本当に慌ただしい。

「あとは……お嬢さんがどういう答えを出すか、かナ」

お嬢さんが自分を取り巻く人たちの事情やら、取った行動なんかを知ってどんな答えを出すのか。

そこに興味はあるし、どんな答えを出しても賛同してやるつもりではある。

ただ、任務だったし知らなかったこととはいえ、上手くいきかけていたお嬢さんとオオカミくんの関係を強引に引き裂いたことに関して、若干の申し訳なさはある。

少しばかりオオカミくんの手助けをするのも、ありかもしれない。それがお嬢さんにとって良いことなのか、悪いことなのかは分からないけど。

「でも、俺の罪悪感を薄くするためだし、仕方ないよネ？」

第六章　冬の花火

あの面談ラッシュからの毒殺未遂事件の起きた日から十日。

私は王都にあるアディンゼル大公家のタウンハウスで、のんびりと過ごしている。私だけ、のんびりと。

フェスタ王国の王宮で開催される年末の夜会は、一年で一番大規模で盛大な夜会なんだそうで、伯爵家以上の貴族が全員参加するらしい。

当然アディンゼル大公夫妻も参加で、当日の衣装やアクセサリーから化粧品や入浴道具、馬車の手入れや馬のコンディション調整まで、その準備にお屋敷の皆さん全員が追われていた。

私は準備の邪魔にならないように、本を読んだり庭を散策したり厨房（ちゅうぼう）の隅っこを借りてお菓子を作ってみたりしているだけ。邪魔にならないようにするためには、何もしないのが最適解なのだ。

一人で静かに過ごす時間を先のことを考える時間に充てている、けれども考えはまとまらない。

タウンハウスにある図書室の一番奥、小さな机と椅子があるだけの場所、そこをいつも使っていたら、いつの間にか机の上には小さな読書灯とガラスペンとインクが置かれて、椅子には柔らかなクッションとひざ掛けが用意されていた。

こういう気配りがこのお屋敷で働く人たちの凄いところだと思う。

クッションとひざ掛けをありがたく使わせてもらいながら、杏奈から届いた手紙を開ける。レモンイエローの明るい封筒と便せんに杏奈の丸っこい文字が並んでいた。

本来なら、杏奈の番であるファルコナー伯爵は年末の夜会に参加し、番である杏奈も出席しなくちゃいけない立場だ。でも、私に対する暴力事件とその後の噂問題が悪質だとして、一族の人たちも含めて一年のあいだ王都に入ることを禁止されている。

だから王都に行くことができなくて、私に会えなくて悲しい、よかったら領地に遊びに来てほしいというお誘いと、リアムさんが自分を訪ねてきたことが書かれていた。

リアムさんと会ったとき、問答無用でビンタを食らわせたと書いてあって「ヒエッ」と声が出た。相変わらず杏奈は強気だ。でも、その後はリアムさんとどうなったのか、仲良くやれているのかと心配と好奇心が混じったような内容が続く。

結局、自分と番さんのことをなにも書いてないことから、この手紙を書いたときはファルコナー伯爵に対して怒っていたんだろうことが想像できた。まだ杏奈と伯爵は揉めているらしい。

「杏奈ってばもう、しょうもない……」

もう元いた世界に戻れないのなら、こちらの世界で幸せになるって約束したのに。迎えに来てくれた番さんと仲良くして、元気で幸せに暮らしてくれたらそれでいいのに。

『レイちゃんも幸せにならなくちゃ駄目なんだからねっ！』

急に杏奈の言葉を思い出して、ハッとした。杏奈とこの世界で生きていくことを話し合ったとき、お互いに幸せになると約束したのだ。杏奈だけじゃない。杏奈も私も幸せになる努力をして、幸せに生きていかなくちゃいけない。

「……幸せって、なんだろ？」

杏奈は番が迎えに来てくれたんだから、結婚して仲良く不自由なく暮らせばいいと思った。番は杏奈を愛して大事にしてくれるから、きっと幸せな生活が送れるって思ったのだ。

対して自分は番が迎えに来なかった。だから、誰かに頼ることなく自立して生きていこうと思った。働いて賃金を得て、自分で自分を養って生活するのだと。

でも、それは……幸せになることとイコールじゃない。ただ、生きていくための手段だ。

「……失礼します。随分と難しいことを考えておられるようで」

声をかけられて、そちらを向けば全く思っていなかった人物がいて、普通に驚いた。

「えっ……オルコック伯爵様？」

「先ぶれもなく突然押しかけて申し訳ない、執事殿に案内されてね」

そこには茶色の毛並みを持つオオカミ獣人、リアムさんのお兄さんであるオルコック伯爵ご本人がいた。

「ああ、はい。こちらへどうぞ」

執事長が案内してきたということは、私に対して敵意がなく問題も持ち込まない人ということだろう。私は庶民なので、貴族の方々の、お手紙で事前連絡をしなくちゃ無礼という感覚はない。

私は近くにある椅子を運んできて、伯爵に勧めた。

「ええと、本日はどんなご用件で？」

「まずは、これを」

差し出されたのは封筒だ。真っ白で飾り気もなにもない封筒で、そこには女性らしい小さな文字で私の名前が書いてあった。

「その、妹からあなたへの謝罪の手紙です。本来なら、謝罪の場でするべきことだったのですが……あの態度で謝罪にはならず、申し訳ありませんでした」

妹ということは、クローディア嬢からの謝罪の手紙？

伯爵、クローディア嬢、アデラ嬢の三人と会ったとき、謝罪してくれたのは伯爵だけでふたりのご令嬢は自分たちの気持ちや考えを話してくれただけで終わった。あのクローディア嬢が私に謝罪なんて、ちょっと信じられない。

「どういった心境の変化なのですか？」

「あなたにお会いして謝罪できなかった面会の後、クローディアは己の番と出会ったのです」

私と会った後で伯爵はご令嬢ふたりを連れて帰ろうと王宮内を歩いていて、もうじき正門というところで西の辺境伯様の一行とすれ違った。そのとき、クローディア嬢は辺境伯様の元にいた若い見習い騎士の青年と目が合ったという。そのオオカミ獣人の青年はクローディア嬢の番相手で、あっという間に彼らは惹(ひ)かれ合ったらしい。

「妹はようやく、番と出会えないことの辛(つら)さや引き裂かれることの苦しさを理解しました。軽々しい己の行動であなたとユージンを傷つけた、その罪深さも」

「ああ、なるほど……」

手渡された封筒は厚みがあって、きっと一生懸命謝ってくれてるんだろうなと察した。

「改めて、申し訳ありませんでした。アデラもクローディアもそれなりの罰を受ける、そんなことで許してもらえるとは思わないですし、気が晴れるとも思わないのですが……」

聞けば、アデラ嬢は日本でいう刑務所みたいなところに入れられて重労働を課され、クローディア嬢は元いた神学校に戻されて一層厳しい教育を受けるらしい。

クローディア嬢の番は平民だそうで、彼が正式に騎士になったら結婚するそうだ。貴族のご令嬢が平民として生きていくのは大変だろうし、番の見習い騎士さんとも結婚するまでは遠距離恋愛になるらしい。

「私はこの国の法律に詳しくないので、罰が重いのか軽いのか分かりません。でも、きっと相応の罰が与えられたのですよね？　だったら、私はそれを受け入れます」

クローディア嬢もアデラ嬢もそれぞれに罰を受けて、その先を生きていく。

与えられた罰が彼女たちの今後の人生にどんな影響を与えるのか分からないけれど、ちゃんと幸せに生きていってくれたらいいと思う。

「それで、弟のことなのですが……」

伯爵は膝の上で組んだ手にぎゅっと力を込めた。その手が真っ白になるほど強く。

閑話　オーガスタス・バート・オルコックの悔恨

女神の大樹のお膝元であるフェスタ王国では、女神様の定めた番と出会い婚姻する人が六割から七割弱と高い。

私自身も人間族である番女性を妻に迎えた。だが、先代当主である父は番と出会うことができなかった獣人だ。

高い確率とはいっても十人いれば三、四人は番と出会えないのだから、父はその三、四人側にいたというだけの話。特別珍しくもないし、特別悲観的に捉える人だってそういない。

番と出会い、結婚できることは幸福だけれど、番と出会わなければ不幸かと言われれば、それは違うと断言できる。たとえ運命の相手とでなくても、幸せな家庭を作ることはできるのだから。

だというのに、父は番に固執し続けた。

遠縁の伯爵家から妻を迎え、私という息子が生まれた後も番を探し続け、今なおそれは続いている。

おそらく、父の番であろう女性は番避けの魔導具を身に着けているのだろう。番ではない男性を伴侶としているか、生涯独り身を保つ神官になっているのかもしれない。

十五歳から二十二歳くらいの間に番と出会うことが一般的な中で、それを過分に超えて探し続ける者は番探しに執着している者と呼ばれる。

番探しに執着している者であっても、三十の年を超える頃になればさすがに諦めて番避けの魔導具を身に着けて結婚相手を探したり、親戚から紹介を受けたりする者がほとんどだ。

貴族として結婚し、跡取りをもうけることは責務のひとつであるから。ひたすらに己の番を探し求める一部の者や父が異常なのだ。

私が四歳のとき、王宮侍女をしていたという男爵家のご令嬢を父が連れてきた。すでに父の子を身籠もっているのだと聞いて、母がその場で失神したことを覚えている。

どうやら、運命の相手だと思い（ものすごく良い香りがして、会話も弾んだらしい）交際し、子どもができるような関係にもなった。けれど結局のところ、気の合う相手であって番ではなかった。普通ならそこでお別れとなるのだろうが、子どもができていることが分かり、第二夫人として家に入ることになったのだ。

第二夫人として迎えられた彼女は屋敷の西館に入って、母と私とは最低限の付き合いで本館の方にやってくることはなかった。

その後、月が満ちて弟が生まれた。黒い毛並みを持ったオオカミ獣人の男子で、伯爵家としては歓迎された。嫡子である私になにかあったときのための予備になる男子は、貴族の家としては必要だったから。

貴族の家としてふたりの男児が生まれたことで、父に対しては番探しをやめ母との関係を修復して、ふたりの夫人と子どもたちと穏やかな家庭をと親族の誰もが思い、願った。

祖父母は改めて父に番探しをやめるよう、諭した。妻を大切にして息子を可愛がり、夫として父親として家族を守れと。それでも父は運命の相手を諦めきれず、家庭を顧みずに番探しを続けた。

当然のことながら、そんな夫を妻として愛することも大切にすることも難しい。私の母との関係も、弟の母との関係も冷えて、家の中はどこも冷たい雰囲気が漂っていた。

当主とふたりの妻、それぞれが産んだ男子がふたり。家族らしい思いやりや温かな雰囲気のない家、それが私と弟が生まれ育った家だ。

そんな中、弟を産んだ女性は自分の運命と出会った。当時の彼女は二十五か二十六歳だったからかなり遅い方だろう。

相手は果物と果物を使った酒やジュース、ジャムに砂糖菓子や干し果物などを扱う商人の男。外国へ長い留学と商人としての修業を終えて帰国し、出店を計画していた売り店舗の前で運命的な出会いをしたらしい。

番相手ではない人と結婚した場合、双方とも番避けの魔導具を身に着けることが多い。これは、結婚生活を送っている中で番と出会ってしまったら、その家庭が壊れてしまうことを防ぐためのものだ。

番探しをやめない父に対して、私の母も弟の母も思うところがあったのだろう……彼女たちも番避けを身に着けてはいなかった。

女神様が定めた相手とやっと出会えたのだ、弟の母とその番相手は惹かれ合い結ばれる。弟の母は父との婚姻関係をあっという間に解消。彼女は弟を伯爵家に残して、商人の男の元へと嫁いでいった。弟はまだ三歳だったのに。

「あの子はオルコック家の、貴族の子よ。次男は予備として必要なのでしょう？　だから、置いていくわ」

そういった彼女の言葉の後ろに〝愛おしい番との新しい生活、将来生まれる愛おしい番との間にできる子どものために、この子は邪魔なのよ〟との言葉が聞こえた気がした。

「……キミは僕の最愛が産んだ子だからね、どうしても困ったことがあったら訪ねておいで。できるだけのことをすると約束するよ」

商人の男はまだ小さな弟から母親を奪うことを可哀想に思ったのか、名刺と社章らしい小さなピンブローチを弟に渡すと、帰っていった。

その情景は、第二夫人が父と離縁して運命の相手と共に家を出ていったとき母が「そう、彼女は運命の相手と出会えたのね。なんて羨ましいことかしら」と呟いていたことと共に、この時のことは深く私の記憶に刻まれた。

その日から、弟はひとりで過ごすことが増えたように思う。自分に興味のない父親、自身の子どもである私にしか興味のない夫人、自分を捨てた母親。きっと、血の繋がりのある者であるにもかかわらず、弟は私たちと家族であることを諦めてしまったんだと思う。まだ三歳で、子どもだったのに。

私はできるだけ弟と一緒にいて彼を構ったが、伯爵家を継ぐ者としての教育が始まったり、母や母方の祖父母に構われたりと、一緒にいる時間は思ったほど多く作ることができなかった。

その後、私が十歳になったときに母が妹を出産すると、家中が母と妹を中心に回り始め、弟の存在はますます希薄になった。

私が貴族の子弟が十二歳から十八歳までの六年間に通う全寮制の学校に入り、ユージンが入学してくるまでの五年間、弟が家でどんな扱いをされていたのかは分からないが、楽しく幸せに暮らしていたわけではないことは分かる。

物心ついた妹が弟に甘えていたのは意外だったが、良いことだったように思う。それでも、家族関係や人間関係が希薄な状態で育った弟は、顔の表情があまり動かない、不器用な男に育った。

だから、弟が十八歳になったときに女神様からのお告げがあったと聞いて、本当に嬉しかった。

女神様が異世界から番を呼んでくれる、弟は必ず最愛と出会うことができるのだ。

弟も異世界からやってくる番をずっと待ち望んでいることを、私は知っていた。番との出会いに三年にわたる誤差が生じたことも、女神様がきっと弟に希望を持たせようと早めに知らせをくれたのだと思った。

妹や従妹のしたことで弟が回り道をしなくてはいけなくなったこと、それを止めることができなかった自分に怒りしかない。

話をした弟の運命の相手は、黒い髪に茶色の瞳を持った可愛らしい人だったけれど、同時に芯の強さを感じさせる女性だ。妹と従妹の茶番を見て呆れている姿を見て、心の底から申し訳なく思った。できることなら、縛り首にでもなってしまいたいくらいだ。

結局のところ、弟とのことは番さんの心次第になってしまって……兄としては、どうか弟のことを捨てないでやってほしい。縋りついてでもお願いしたい。

彼女の気持ちを無視していることも、自分の想いを押しつけていることも分かっている。それがまた彼女を傷つけることにもなるだろうことも。

それでも、家族の縁と情の薄かった弟と、家族の中で最も愛する者を求めていた弟と共にあってほしい、私はそう願わずにはいられない。

アディンゼル大公のタウンハウス、そこにある図書室は床から天井までの全てが本棚になっている。本棚には歴史や経済、魔法などの本から子ども向けの童話や神話、最近流行しているという娯楽小説まで幅広いジャンルの本が揃えられていた。

図書室の奥にある読書スペースを自分のもののように専有して、私は本を読む。今読んでいるのはクレームス帝国の景勝地を紹介する本、ガイドブック的なものだ。

エメラルドグリーン色の美しい湖には虹色に輝く魚が棲(す)んでいて、雪の帽子をかぶった雄大な山脈には金色の毛皮に大きな角を持つ鹿が暮らす。太古の昔からの自然をそのままに残した深い森には長い遊歩道や馬での散策ルートが作られている。そして帝都には有名な彫刻家の作品をたくさん展示している芸術公園がある。学術都市にある国で一番古い図書館は国内最大の蔵書量を誇り、特に魔法に関係する本の蔵書量は世界一ともいわれているようだ。

コンコンッとノックの音が響き、開けっ放しになっている図書室の入り口から誰かが入ってくる。

私は本から顔を上げ、開いていたページに栞(しおり)を挟んだ。

「最近はここに入り浸りなんだって？」

ピンクと白の二通の封筒を差し出しながら、キムは私の手元にある本を覗(のぞ)き込む。

「従妹(いとこ)殿からと……もう一通はお嬢さんに恋焦がれて仕方がない哀れな男からだヨ」

「キム、妙な言い方しないで」

恋焦がれてとか変なことをいわないでほしいのに、キムは「事実だヨ」とニヤニヤ笑いを浮かべる。

「で、お嬢さん。街に遊びに出かけるって話、覚えてるかナ？」

「もちろんだよ。でも、キム忙しいんじゃないの？」

「俺は別に忙しくないヨ、夜会に出るわけじゃないしネ。お嬢さんさえよければ、明後日出かけようカ」

明日は王宮で夜会が開かれる日。

明々後日は一年の終わりの日、日本でいう大晦日。大晦日の夜は女神様に一年の無事を感謝しながら家族で過ごすのが一般的だ、と聞いた日。

家族で過ごすというのは貴族も王族も同じで、明日は夜会に行って明後日はその片付けと掃除を行い、明々後日には王宮で働く皆も家族で過ごすらしい。

「うん、行きたい」

「じゃあ昼頃に迎えに来るから、寒くない格好でネ。そのとき、希望の話も聞かせてほしいからよろしくネ」

キムと入れ替わるように、コニーさんがココアとビスケットを持ってきてくれた。甘いココアとチーズ風味のビスケットを食べ、杏奈からの手紙を開ける。

手紙の内容は相変わらずだ。元気でやっていること、植物を元気に早く育てることができる才能を女神様から貰ったから、領地にある畑や果樹園に出向いて手伝いを始めたこと、私とリアムさんとの進捗状況の確認や歩み寄る努力をしているのかの忠告など。番であるクマ伯爵との関係については、全く書かれていない。

私に報告できるような進展がないのか、報告するのが恥ずかしいのか。たぶん、前者なんだろうなと思うと自然に苦笑いが浮かんだ。

幸せになる努力をする、と約束はしたものの感情が伴うことは難しい。ああした方がいい、こうやった方がいい、それを分かっていても気持ちの上で納得ができなくて、その行動が取れなかったりする。

「恋愛に関係する感情は複雑だよね。単純に事が運ぶことなんてないもん」

杏奈からの手紙を封筒に戻し、白い封筒を手に取る。

真っ白い封筒には花の模様が加工されていて、レモンのような爽やかな香りがした。馬と蔦（つた）模様の紋章で押された封蝋（ふうろう）を外せば、二枚のカードが入っている。

一枚には夜会の準備で忙しく会いに行けないことへの謝罪と、夜会が終わったら出かけようというお誘いの言葉が書いてあった。

もう一枚のカードは二つに折られている。それを開けば雪の降る夜の街並みの美しいイラストが描かれていて、空から雪がキラキラと光りながら降り、家々の窓からは明かりが漏れ、オルゴール音楽が流れ始めた。

カードの裏には、魔法を使ったカードだと書いてある。魔法で景色が動いて音楽が聞こえるカードらしい。

リアムさんからは毎日のように何かが送られてくる。手紙だけのときもあるし、カードと小さな花束、クッキーやチョコレートなんかのお菓子が添えられていたりもする。

気持ちはとても嬉しいんだけれど、毎日送ってもらってることに若干の不安を覚える。忙しいっていうのに、経済的にも時間的にも負担になってるんじゃないかって。

「……お嬢様、僭越ながら申し上げます」

おやつの準備をしてくれたコニーさんは小さな声をあげた。

「我々獣人にとって、愛おしい相手に贈り物をすることは本能に近しい行為です。特に男性はその傾向が強いです」

「うん？」

「鳥や獣にもおりますでしょう？　求愛行動として食べるものをメスに運んだり、巣を事前に作ってメスに見せたり」

そういわれれば、動物系のテレビ番組で見た気がする。エサをメスにプレゼントしたり、ダンスを踊ったり、美しい羽根を見せてアピールしたりして愛を表現しているんだって解説していた。

「贈り物をすることは、求愛の証。求愛給餌とも呼ばれます。それは番ったあと、婚姻関係を結んだ後も変わりません」

「えっ……それって、結婚した後も贈り物を贈り続けるってこと？」

「お嬢様がどう理解しているのか、分かりませんが。おおよそそう思っていただければ。婚姻後、衣食住の全てが夫の稼ぎで賄われますが、それも贈り物という扱いになります」

「あ、ああ、そういうことか。食べるものとか着るものも旦那様の稼ぎから買ってもらってることになるから、旦那様側からしたら贈っていることになるんだね」

「はい。現在はまだ婚姻関係に至っていませんので、ただひたすらに愛を乞うているのです。獣人にとっては当たり前の行動ですので、お嬢様が気になさる必要はありません。むしろ、贈り物をするなという方が酷な話です」

贈られてくるお花、お菓子、手紙やカード。その全てが私への愛を乞う行動。

顔が熱くなって、私は俯いた。

私が恋したのは、ギルドの守衛として働くリアムさんだ。本来彼が持っていた立場と身分を捨てて、私を追いかけてきてくれたリアムさんに惹かれたことも事実。そんな相手から熱烈といっても過言ではないくらいの告白を受けて、嬉しくないなんてことはない。嬉しい、そしてやっぱり同時に恥ずかしい。

「……お嬢様は、初心でいらっしゃいます」

「コニーさん！」

「再び僭越ながら、申し上げます。素直になるのが一番かと思いますよ」

いわれている言葉の意味が分からなくて、両手で真っ赤になった顔を覆って指の隙間からコニーさんを見上げる。

「思うに、お嬢様は難しく物事を難しく考えすぎている部分があるかと。どうぞ、ご自分の素直な気持ちを大切にしてください」

コニーさんは私と机の上で綺麗な音楽を流し続けるカードを見比べ、アルカイックスマイルが基本のメイドさんとしての仮面を捨てて、とても美しい笑顔を浮かべた。

王都ファトルの城下街、その中央付近にあるという女神の大樹の子どもみたいな木、通称女神の木は広場の中心にあった。その木を中心に円状に広場が作られ、そこを中心に同じような円形広場が複数繋(つな)がっている。その全てをひっくるめて中央広場というらしい。

どこの広場にもシンボルツリーがあり、周囲は整えられた樹木と花壇に植えられた花、敷き詰められた芝生で美しく作られているのが分かる。

中央広場にはキムのいう通り、たくさんの露店が店を出していた。どの店もカラフルな布や花、オーナメントで飾りつけられていて、中にはピカピカ光ったり色を変えたりするオーナメントもある。

露店は女神様や大樹を模したグッズや置物から、食べ歩きのできる軽食、クッキーやドーナツといったお菓子、温かい飲み物まで多岐にわたっていて見ているだけでも賑(にぎ)やかで楽しい。

冬の温かそうな服装の獣人や人間、小さな子どもたちが思い思いに買い物と買い食いを楽しんでいる。

「じゃ、露店を見ようか」

人の流れに乗って、露店を見て回る。どこかで見たような感じだな、と思っていたけれどテレビで見たクリスマスマーケットの様子に似ているのだと気付いた。

キムが「これが年末の露店の名物なんだヨ」と、果物から作られるお酒にスパイスとジャムを入れて作った、グリューワインみたいな温かい飲み物を買ってくれたことで余計にそっくりだと思った。

女神の大樹を見渡せる休憩所にあるベンチに座って飲み物に口をつける。グラス越しの温かさが手にじんわりと広がった。

「で、聞いてもいいかナ？　お嬢さんの望み」

「ふたつあるんだけど」

「いってみてヨ。全部聞き入れられるかは分からないけど、できるだけ希望に沿うからサ」

　グリューワインっぽい飲み物は、甘くて少しだけスパイスの味がして美味(おい)しい。

「私、この世界を見て回りたいってずっと思ってたの。だって、私のいた世界と全然違うんだもん。でも、私の立場では基本的に他の国には行けないんでしょ？　だから、他の国に行く許可がほしい」

「……分かった。でも結構な条件が付くとは思うけどネ」

「そこは、要相談ってところだね。ふたつ目は、女神の大樹が見たいんだけど」

「見えてるヨ？」

　そういうとキムは目を輝かせて、お城の背後にある大樹を指で示す。

「そうじゃなくて、もっと近くに行きたいの」

「何がしたいのかナ？」

　心の底から疑問であるらしい、いつも余裕たっぷりですべて見通してますって雰囲気のキムなのに〝分からない〟という表情もできたんだな、と変なところで感心する。

「女神様って存在を実際に感じてみたいの。この世界では本当にいるんでしょ、神様が」

「……お嬢さんの世界には神様はいないのかナ？」

　日本には大勢の神様がいる、八百万(やおよろず)の神々って言葉があって、水の神様、山の神様とかってあちこちにたくさんの神様がいる……といわれているけれど、それを直接見ることはない。あくまで伝説や物語の中の話であって、神様が本当に存在しているのかどうか、人間が確かめる術はない。

そう説明すると、キムはグリューワインを飲み干し、「ううん……分かったヨ」と答えてくれた。

「なんか、私、無茶いってる？」

「キミねえ！」

キムの長い尻尾が私の鼻をめちゃくちゃに擽って、私は連続で五回くらいくしゃみをした。

「自覚なし!? 無茶も無茶、大無茶いってる自覚がないなんて、寝ぼけてるのかって思うヨ！」

「え、ご、ごめん？」

ハァーと大きく息を吐いて、キムは肩を竦める。

「まあ、お嬢さんの希望はできるだけ叶える、っていうのが王家の方針だからネ。大無茶も通ると思うヨ」

隣に座っていたキムが立ちあがり、両手を組んで上に伸ばした。大型のネコ科獣人なだけあって、しなやかな伸びだ。

「じゃあ、殿下と閣下に希望として伝えてくるヨ。年明けに呼び出しがあると思うから、それまでは大人しく過ごしててネ」

「え、今から行くの？」

昨日の夜は王宮で年間最大の夜会が開かれたのだ。夕方に大公夫妻が、ゴージャスな装いでゴージャスな馬車に乗ってゴージャスに出かけていったのを見送った。帰ってきた時間は私が眠っちゃっていたから分からないけど、遅くなっていたに違いない。私がキムと出かけるとき、まだ夫妻も夜番だった侍女さんたちも起きていなかったから。

「さすがに殿下も閣下も起きて、年内最後の仕事に取り掛かる時間だからネ」

もうちょっと露店が見たかったし食べてみたいお菓子もあったのだけど、キムが仕事なら仕方がない。

私もぬるくなってきたグリューワインを飲み干して、広場の隅っこにある返却用のテーブルにグラスを返した。

「じゃ、後はよろしく頼むヨ」

キムに突然肩を押されて、私は後ろに数歩下がった。そんな私を支えてくれる腕があった。

「二十二時までに大公閣下の屋敷に戻ること、お泊まりと手出しは不可だヨ。うちのイーデン執事長が仁王立ちで待ってるはずだから、必ず綺麗なまま返却してネ。一秒でも遅れたら、命は取られないけど死ぬ寸前までは覚悟すること。執事長、ホントに怖いから遅れないようにネ」

「……了解した」

私の頭越しに会話をするふたり。背後にいて私を支える体温と、上から降ってくる声にどきりとする。

「お嬢さん。また屋敷でネ」

キムは片手を上げて、王宮のある方に向かって中央広場を抜けて行ってしまった。

「……突然、すまない」

「リアムさん？」

振り返ればそこには私服姿のリアムさんがいて、少しだけバツが悪そうな顔をしていた。

「あのネコ野郎が、キミとふたりで露店を見に行くと自慢げに……それは、ちょっと。でもキミの行動を制限するつもりではなくて。でも、ネコ野郎とふたりきりは」

私とキムがふたりで出かけるのは許容できない、でも、私とリアムさんの関係は今のところなんでもない。友人以上恋人未満的な立ち位置にいて、自分以外の人と出かけないでとはいえない。でも、やっぱりふたりで出かけてほしくない。

「リアムさん」

なんだか、私の心も随分と恋を理解できるようになっている、ような気がする。私のハートはボロボロになって、恋心なんてもう抱けないかと思っていたのに。

深く考えすぎず、素直に、自分の気持ちを大切に、そうコニーさんにいわれたこと、杏奈との約束も思い出す。

今こうしてリアムさんに会えたこと、それを嬉しいと思っている自分の気持ち……それを大切にする。きっと、素直に一緒にいられる時間を喜び、楽しめばいい。

「来てくださってありがとうございます。実は、もう少しお店を見て回りたかったたし、食べてみたいものもあったんです。だから、よければ一緒に回ってくれますか？」

「もちろん、喜んで」

ほっとしたような笑顔と共に差し出された手、私はその手に自分の手を重ねた。

リアムさんと手を繋いで、中央広場に並んだ露店の可愛(かわい)い小物や置物などを見て回る。カラフルな色合いの商品、飾りつけられた露店は華やかで、見ているだけで気分が上がってくる。

クリームののった温かいチョコレートドリンクとシナモンシュガーのかかったチュロスのような揚げ菓子を買い食いする。さっきチュロスの揚がる匂いに鼻を刺激されて、食べたいと思っていたからすごく美味しくて満足した。

おやつを食べてから女神の木の前で披露される歌、手品、魔法を使ったプロジェクションマッピング的な映像を見た。魔法による演出がされた歌や映像は、元の世界で見るものとは一味違った迫力があってその世界に思わず引き込まれそうになる。

華やかな露店の並んだ広場で、美味しいものを食べて楽しい催し物を見て楽しむ……隣にいるのは惹かれた人。まるで何も知らなかった、白花(しらはな)祭りのときみたいだ。

あのときと違うのは、貴族のご令嬢方に絡まれる心配が全くないこと。大勢いる人たちの中には、お忍びっぽいご令嬢やご令息の姿もあったけれど、彼らは私に目もくれない。みんな露店やそれぞれのパートナーに夢中だ。

それが普通だ。ごく普通の庶民の私に貴族の人が声をかける方が異常。私の日常は普通に戻った、そう理解して実感する。

「二十一時から花火が上がるんだ。それを……見てから帰らないか?」

こちらの魔法を仕込まれた花火をまた見られることも、あのお祭りのことを思い出させた。

「はい!」

日が落ちて露店にもランプの光が入り、中央広場にある街灯もオレンジ色の光を放つ。それに伴って、中央広場にいる人たちの様子が変わったのを感じた。

昼間は家族連れが目立っていた、夫婦に子どもたちや祖父母と孫など家族ごとに買い物をしたり、買い食いをしたりしている姿が多かった。けれど今は圧倒的にカップルが多い。

聞けば、中央広場の露店は二十一時半で終了、終了三十分前の合図と一年間のフィナーレとしての意味も込めて花火が上がる。その花火を恋人と見たら、来年もまた一緒に見ることができるというジンクスがあるらしい。だから年齢に関係なくカップルが多いのかと納得した。

同じ世代の若いカップルから、私の両親世代、祖父母世代まで。みんな手を繋いだり、腕を組んだりしていて、一緒に長い年月を過ごしても、変わらずお互いを想い合っているのが垣間見える。

まだ結婚していない番同士やカップルは、ここで花火を見てから女性を自宅まで送っていって、女性のご両親に男性が挨拶をするのが一般的なんだとも聞いた。

白花祭りでの贈り物と、年末の挨拶をきちんとすることが将来を考えていますっていう証明になるんだとか。だから、恋人と一緒で嬉しいし花火も楽しみだけれど……男性たちが少しだけ緊張した様子なのは、恋人の父親と顔を合わせるからなんだろう。

でも、きっとそんな緊張感だって幸せだろう。だってみんな笑顔なんだもの。

花火が始まる前までは露店の華やかさを、花火が始まってからは夜空に咲く大輪の花火をふたりで一緒に堪能する。

一年間共にあれたことへの感謝を、そして来年一年間また共にありますようにという願い、そのふたつを希う人たちの中で……リアムさんと私はどのように見えていたんだろう？

どうか、周囲の素敵なカップルの中で浮いていませんように。同じように未来を希うカップルに見えていますように。

夜空に大きな花火が上がった。赤、オレンジ、黄、青といった色が花のように広がって、ドンッ

という音が追いかけてくる。

「わあ」

次から次へと色鮮やかな花火が上がり、私は夢中になって見上げた。繋いだ手の温かさと、寄り添ってくれる存在がいる安心を感じながら。


花火を見終わって大公閣下のタウンハウスに送ってもらうと、門限の十分前だった。

キムの予言通りイーデン執事長が玄関で待ち構えていて、手にしていた懐中時計で時間を確認して「まあ、いいでしょう」といった。

門限までにはちゃんと送ってもらって帰ってきたことのなにがよかったのか、私にはさっぱり分からなかった。

リアムさんはイーデン執事長に「少しよろしいでしょうか」と声をかけられていて、私の方はすぐにコニーさんに連れられ着替えだのお風呂だのになって、お別れになってしまった。

イーデン執事長に声をかけられたリアムさんは、ひどく青い顔をしていたけれど大丈夫だろうか？

「お嬢様がお気になさることではありませんよ。男性同士、お話しすることもありますでしょうし」

コニーさんがそういうので大丈夫だとは思うけれど、一体なんだったんだろう？

第七章　女神の大樹

年が明けて三週間ほど経った頃、王宮からの呼び出しがあった。思っていたより時間がかかったのは、年明け早々から女神様に関する神事があったり、王宮で働く人たちが交代で長期のお休みを取っていて人手が足らなかったり、と諸々の事情があったらしい。

キムを通してお願いしていた私の〝希望〟は、王太子殿下、第三王子殿下、大公閣下と周囲の人たちで協議されて、その答えが出たのが先日のこと。

私は再び大公夫人が若かりし頃に着ていた、というお下がりのピーコックグリーンのドレスを着せられて王宮へ向かった。

前回と同じように一緒に馬車に乗ったキムが「二度目だからもう余裕だよネ！」とか寝ぼけたことをいっていたけれど、それに返事ができないくらいには緊張していた。

「そんな、死にそうな顔をしなくてもいいだろうにサ」

何度経験しても慣れることがない、そういった類のものだと思う。今のところ、それに賛同してくれる人がいないのが不思議でならない。

王宮に到着して、侍従さんに案内された部屋は前回とは違っていた。チョコレート色の立派な扉の前には、護衛騎士さんがふたり立っていて「王太子殿下の執務室です」といわれて息を呑んだ。

室内は落ち着いた赤茶色の絨毯に濃い茶色の執務机、机と揃いの立派な椅子が上座にセットされている。手前には打ち合わせ用らしい丸テーブルと椅子が並ぶ。

「失礼します」

王太子殿下が笑顔で待ち構えていて、私はガチガチに緊張したまま勧められた椅子に座った。

「久しぶりだね、レイナ嬢。元気そうでなによりだ」

「ご、ご無沙汰しておりマス」

整った顔立ちの王太子殿下は、ガチガチに緊張している私を見て肩を竦めて苦笑いを浮かべる。

「そんな緊張しなくても。初対面じゃないんだし」

「庶民は貴族と会うだけでも緊張するものだ。まして王族、次の王だといわれたらより緊張する。気の毒だからさっさと済ませてやってくれ」

大公閣下の言葉に王太子殿下は「えー」と不満そうだったけれど、手元に書類を引き寄せてその一枚を捲った。

「……キミからの〝希望〟について説明するけれど、いいかい？」

「ハイ」

「キミからの希望を聞いた。まずひとつ目、番の同行に関係なく他の国への出国を希望するとのことだけれど……許可はするが、条件がある」

番か保護官の同行がなければ異世界から来た者は国外に行くことができない、そういう決まりがあると聞いている。だから、条件付きになるだろうとキムがいっていた。そこは問題ない、問題なのはどんな条件が付くか、だ。

「当然だが、ひとりで行くことは許可できない。こちらが認めた護衛官の同行は必須条件とする。戦う術も魔力もないキミがひとりで旅することは、命の危険があるからだ」

私がウェルース王国にまで無事行くことができたのは、ランダース商会の一団が旅慣れていて魔物や夜盗の類に対する対策を厳重に行っていたから。ひとり旅など余程の強者でなければしないものだし、魔物に襲われて命を落とした人、夜盗に攫われて悲惨な目にあった人の事例を丁寧に説明されてしまえば……ひとりでなんていえないし、生き残る自信もなくなってしまう。

「それから、他の国へ行ってもそちらでの永住は許可できない。決められた期間内で必ず帰国してもらう」

「……え」

「まず、異世界からやってきた者はやってきた国の民となる。こちらの世界の者の番として、女神が呼んだのだから当然だろう。キミはフェスタ王国の国民として国籍がある。異世界から来て呼ばれた国以外の国への永住が認められるのは、番を亡くした者のみ。それは世界中にあるどの国でも共通の法なのだ」

「レイナ、キミの場合はユージン・オルコックが死亡した場合にのみ、フェスタ王国以外の国に永住する権利を得られることになる」

王太子殿下と大公閣下に、この世界の全ての国に共通する異世界からの番に関する法律と、私が当初考えていたファンリン皇国か東の島国で暮らすための条件を突きつけられる。

冷たい水を頭から被ったみたいな、そんな気持ちになった。この国じゃない、他の国で暮らしたいと思ってた。この国にあまり良い思い出がないから、他の国で暮らそう。どうせなら、日本に少しでも文化が近い国で暮らそうと考えていたのだ。

でも、リアムさんを殺してまでそうしたいか？　といわれたら、答えは否だ。好きな人が死ぬなんて、そんなの想像もしたくない。

「……悪いな。あくまでキミに許可できるのは、期間限定の滞在だ」

「分かりました」

私の斜め後ろに立っていたキムの手が頭を撫（な）でる。そちらを見れば、キムが〝よしよし〟って声に出さずにいっているのが分かった。子ども扱いしてるように感じるけど、一応慰めてくれていると思いたい。

「それと、女神の大樹を間近で見たいということだが、こちらも条件がある」

「はい」

「女神の大樹の間近まで行くことができるのは基本、大神官長と国王と王妃、その三人だけだ。それも一年に四回行われる祭事のときのみ行ける」

「えっ!?」

そんな限られた人が限られたときにしか行くことができない場所だったとは、全く想像してなかった。女神の大樹とは、ものすごく特別な場所だった、みたいだ。

もっとこう、お寺とか神社みたいに観光地化されて、女神まんじゅうとか大樹最中（もなか）とか大樹せんべいとか売っていて、お賽銭（さいせん）をジャンジャン受け取ってるかなってイメージだったんだけど。

「だから、無茶も無茶っていったんだヨ」

キムが呆（あき）れたように私の頭をワシワシッと掻（か）き混ぜてくるから、「ごめんなさい」と小さく呟（つぶや）いた。

「だが、例外があった。だから、今回はそれを使う」

「例外？」

王太子殿下は頷き、執務机に両肘をついて手を組んだ。なんだかそのポーズを見ていたら、悪いことを企んでいる人のように見えてきて、そのイメージを必死に拭う。

「今から何代も前の王の元にひとりの王女がいた。彼女は第六だか第七だかの王女で、当然神事に参加することなどない地位だ。だが、彼女は〝女神の神託〟を受けていた」

「女神の神託？」

どうも女神様は、お告げ的なものを授けるのがお好きらしい。

「それがどういったものなのか、王女がどんな神託を受けたのか、内容は不明だ。神殿には守秘義務があるのでな。ただ、神託は神事が行われるのと同じ場所で受けるものだということは分かった」

「それを私に？」

「そうだ。大神官長には女神の神託を受けたいと願い出ておいた。神託は大樹の元で行われるから、希望通り女神の大樹を目の当たりにできるだろう」

なんだか、想像していたよりずっと大事になってしまっていて恐れ多い。

そもそも、こんな大事にするつもりはなかった。キムも大公閣下も、こんな大事になるんだったら「ダメだヨ」って言ってくれたらよかったのに。

神社やお寺に参拝する程度の気持ちだった過去の自分に説明して止めたい。

お賽銭ジャラジャラとか女神まんじゅうとか、商売の匂いをプンプンさせてるんだろうとか、失礼なことを考えていた罰だろうか。

分厚い扉がノックされて、護衛騎士さんの案内で入室してきたのは立派な神職っぽい衣装を身に纏（まと）い、大きな杖（つえ）を持った人だった。

「わたくし、フェスタ王国で大神官長を務めておりますアンドルー・ブレナンと申します。只今（ただいま）より、女神様よりの神託を頂くお手伝いをさせていただきますぞ」

耳や白と青の神官服から覗（のぞ）く尻尾から、大神官長様はトラ獣人と思われた。大神官長様は年齢を重ねた穏やかな笑みを浮かべ、王太子殿下の執務室まで私を迎えに来てくださったのだ。

こんな女神様を奉る宗教のトップにいるだろう人物が、護衛らしい騎士を連れているといってもフットワーク軽く迎えに来るなんて信じられない。信じられないけど、実際に目の前にいる。

「ブレナン大神官長、すまないがよろしく頼む」

「王太子殿下、謝罪は必要ありませんぞ。異世界からやってきてくださった皆様は、女神様に選ばれた方々。いわば女神様の娘と息子。お手伝いができることは、とても名誉なことでございますでな。それも神託とは！」

大神官長様は手にした金色の木の枝と女神様を模したらしい杖を額に当てて、何やら祈りの言葉を唱える。

「……まあ、なんだ、頼んだ。そういうわけだから、レイナ嬢はブレナン大神官長と一緒に行って神託を受けてくれ。女神の大樹を間近に見ることができるだろう。ユージン・オルコックは大樹の入り口で待っているはずだから」

「はい」

私はニコニコ笑顔の大神官長様と無表情の護衛騎士さん、なにか楽しそうにしているキムと共に王太子殿下の執務室を後にして、女神の大樹の近くへ行けるという大樹入り口に向かった。

広い王宮の中のどこをどう歩いているのか、ともかく王宮の上へ上へと向かっているようだ。自分がどこにいるのかさっぱり分からないけれど、窓や回廊から見える女神の大樹が近づいてきていることだけははっきりと分かる。

しかし、遠い。執務室を出てから随分歩いて階段を上ったり下ったりもしたのに、まだ着かないんだろうか？　慣れないヒール付き靴のせいで、足が痛い。

「もうじき入り口ですぞ」

大神官長様はイーデン執事長よりも年齢が上っぽいのに、呼吸ひとつ乱れてない。護衛騎士さんもキムも。獣人って本当、体が丈夫で体力お化けだ。

最後の長い階段を上りきり、踊り場から外へ出る。そこは半円形の広場になっていて、その広場の奥から真っすぐ女神の大樹に向かって橋のような白い石の道が延びている。その道の手前で、制服姿のリアムさんが待っているのが見えた。私たちの姿を認めると、一礼する。

「あなたがレイナ嬢の運命の相手ですな？」

「お目にかかれて光栄です、ブレナン大神官長。ユージン・オルコックと申します」

「……ふむ。では共に参りましょうか」

大神官長様を先頭に橋のような通路を進む。それにしても不思議だ、この橋は下から支えられてもいないし、上から吊られているわけでもなく自立している。魔法的なものでできているんだろうか？　やはりこの世界は私の知らない物事ばかりでできている。

しばらく進むと、円形の踊り場に到着した。その直径を示すように濃い緑色で模様のある線が一本横に引かれている。

「さて、この先は関係者以外に立ち入りが許されない聖域になりますぞ。護衛の方はここでお待ちくだされ」

大神官長と同じ白と青の制服を纏った護衛騎士の方は一礼し、キムは「承知しました」といって私に手を振った。

結構な不安を胸に私は大神官長様の後に続いて濃い緑色の模様のところまで進み、それを踏み越えた。

「？」

目には見えない何かを越えた感じがした。柔らかな薄い布とか紙とかを突き抜けたような、そんな感じだ。

「今のは女神様の聖域に入った証ですな。その床に描かれた緑の文様は神のみが読める言葉、この世界の文字に苦労なさらんはずのレイナ嬢にも読めますまい」

「……はい」

この世界にある言葉の読み書き会話に困らない、そんな贈り物を貰っている私だけれど、地面に書かれた神様の文字はただの模様にしか見えなかった。

「きっとここから先は自分の家だ、とかそんなことが書かれているのでしょうなぁ」

大神官長は笑って歩き出し、リアムさんと私は顔を見合わせてから後ろをついていった。

最初は白い石でできていた橋は、徐々に石ではない何か不思議な素材に変化していっている。靴越しに感じる足触りが柔らかくなっていて、毛足の長い絨毯の上を歩いているようだ。

「レイナ、足が痛いのでは？」

「えっ、いえ、大丈夫で……きゃあっ！」

いい終わる前に私はリアムさんに抱き上げられていた。

一般的にいうお姫様抱っこという形だ。こんな風に抱き上げられたことなんてなくて、顔に熱が集まってくる。

「下ろしてください、重たいのでっ」

「重たくない。それにそれ以上足を痛めてはいけない」

「おや、歩き方が変だと思っておりましたが、足を痛めておいででしたか。それは気付かずに申し訳なかったですな。魔法で治療もできますが…………魔法に頼った治療は肉体が自然に回復する能力を損ないますのでな、番殿が抱えるなら問題ありますまい」

「だ、大神官長様！」

「おっほほほほ」

抱えてもらえるのは楽なのだけれど、私の体重が重たいって知られてしまうし、リアムさんとの距離が近いしで恥ずかしい！　どんなに訴えても藻掻(もが)いても、リアムさんは微動だにしないし、大神官長様も笑ってスルーするばかり。

私は諦め、大人しく運ばれることにした。視界の片隅でリアムさんの尻尾が楽しげに揺れているのが見えた、気がした。

「そういえば、女神様の神託について殿下からお聞きになっておりますかな？」

「何代か前の王女様が神託を受けた、とだけお聞きしました」

真っすぐに続いている橋の先はまだ見えない。どのあたりまで進んだのかは分からないけれど、景色は変わってきた。橋の周囲には白く濃い霧のような靄（もや）が漂って、徐々に暗くなり、空気も濃くなってきている感じがする。

「そうなのですぞ、今より七代前、エイベル陛下の末娘のエイダ姫様が神託をお受けになったのですな。エイダ姫様は、トラ獣人として生まれながら番が分からないお方だった、と伝わっておりますです」

「番が分からない獣人がいるのですか？」

この世界に生まれた人は種族に関係なく、自分の番が分かると聞いていたのに。

「我々獣人が番を判別する手段は主に二つあるですじゃ。一つは出会った瞬間にビビッとくる感覚ですな。言葉では言い表わせない、体の奥の方から湧き上がってくる感じ」

「そう、なんですか」

一目惚れ（ひとめぼ）的な感じだろうか？

「もうひとつは匂い、ですな。運命の相手からはとてつもなく良い香りがするですぞ。それはもう、これ以上ない良い香りですな」

リアムさんがうんうん、と力強く頷いた。

「番の匂いが分からない者は番を嗅ぎ分けるための器官が未発達か、機能不全になっているのだと今は分かっておるですな。甘くて苦い薬湯を一日二回、三ヶ月から半年飲めば治る、病のようなもの」

「今は治る病と分かっているけれど、当時は番が分からないままだったのですか？」

大神官長は頷いた。今は治療方法があるけれど、理由も治療法も分からない時代、王女様は番の匂いが分からないままだったのだ。

「そんな王女に〝自分が王女の番だ〟と名乗り出た者がいたのですな。けれど、王女にはその男が番なのかどうか分からない。その男の言葉を信じるしかなかったのですな」

「え、それって……」

「そう。異世界から来た者たちと同じ状況ですぞ。相手の、自分があなたの番だという、その言葉を信じるしかない。……そこで、エイダ姫は女神の神託を受けることにした、のですな」

「運命の相手を決めて縁付けるのは女神だから、直接〝この人が私の運命なのですか？〟って聞いてみようということですか」

リアムさんの質問に大神官長様は「左様！」と言い切った。

「皆分かってはおるのですよ、目には見えぬ大切なものが世の中にはたくさんあるということを。ですが、はっきりと目に見えて分かりたいと思うのも、また理解できるというもの。楽ですからな」

まるで大神官長様の言葉を肯定するかのように、上空からビー玉くらいからテニスボールくらいの大きさをした淡い黄緑色の光球がいくつも降ってくる。

この黄緑色の光は、女神様の力の欠片（かけら）なのだそうだ。

目の前に降ってきた光を指で突(つ)いてみれば、周囲に暖かい空気を広げるようにして輝いて消えた。

完全に大樹の影の中に入ったのか、周囲は薄暗く黄緑色の光球が雪のように降っては消える。白い霧にその光が反射して、なんとも幻想的な景色だ。

橋の下には鬱蒼(うっそう)とした森が広がっていて、その森のどこかにエルフやドワーフといった希少種族の暮らす里がある。

希少種族と呼ばれる彼らは基本的に女神の大樹の根元に広がる森から生涯出てくることはないが、たまーに外の世界に興味が湧いて里から出てくる変わり者がいて、そんな人たちの子孫が希少種族の貴族になった。

大神官長様からのお話を聞きながら、私はリアムさんに抱き上げられたまま女神の神託を受けるという名目で大樹の間近にまでやってきた。

女神の大樹は想像よりずっと大きくて、間近に見る幹は太すぎてもう丸く見えない。白っぽい色の幹はつるりとした印象で、遥(はる)か上にある葉はとても濃い緑色。黄緑色の光球がどこから発生しているのかは見えないけれど、葉からだろうか？

「さて、女神様より神託を頂きましょう」

歩いてきた橋は、大樹の幹を一周ぐるりと回るように続いている。その中心部分に祭壇と女神像があった。幹の大きさに比べたら小さな祭壇だ。

二段になった祭壇の上段に女神像、左右には魔導ランタンが置かれていてオレンジ色の優しい光が零(こぼ)れる。ランタンの後ろには一本ずつ木の枝が生けてあり、淡い緑色の葉っぱに白い花を咲かせていた。

特別なものなんてなにもない小さな祭壇だ。けれど、そこは神聖というか、特別なものだっていう感じがした。魔力も霊感も全くない私でも、なんとなく分かる。

「おふたりはこの祭壇を挟むように左右に立って、片手は大樹の幹に触れて、もう片方の手はふたりで手を繋いで」

リアムさんの腕から下ろしてもらい、大神官長にいわれるまま、祈りを捧げるポーズの女神像を囲むように手を繋ぎ、幹に触れた。

大樹の幹に触れた左手がほわんと温かくなる。その温かさは掌から腕に体に流れ込んできて、そのまま繋いだリアムさんの手にも伝わっていく。

大樹から感じられる熱は途切れることがなくて、体中がぽかぽかとして力が抜けてリラックスした気分になる。さらに大神官長様が歌う聖歌がこだまして、瞼が重たくなって、眠ってしまいそうになる。

眠ったら駄目だ、そう思っても瞼がどんどん落ちてきて目を開けていられない。ついに目を閉じてしまった。瞼の裏は真っ暗ではなくて、濃い茶色のような赤色のような色の中に黄色っぽい光がポツポツと浮かぶ、そんな世界だ。

瞼の裏の世界は、どことなく橋の上から見た大樹の向こうの世界に似ている気がする。

『……』

大神官長様の歌声に乗って、声が聞こえた。でもはっきりとは聞き取れない。

『…………』

けれどなんとなく、なんとなくだけれどこちらに来てからのこと、都度自分がどう思ってきたのかを話してほしい、そんなことをいわれている気がした。

この世界に来てから自分の身に起こった理不尽な出来事、突然死ぬほどの暴力を振るわれたり（全然記憶にないけれど）、ムカつく内容の嘘百パーセントでできた噂を流されたりした。子どもを産む道具として施設に入ることを望まれた、そんなことまで思い出す。

それらに対して私は番相手にも見捨てられているのだし〝自立してやる〟とか〝誰もあてにせず生きていくんだ〟と決意して、行動に移した。王宮での仕事を辞め、王都からも国からもひとりで出て、仕事をして自分で自分を養って生きていくと。

誰にも相談せず自分ひとりで決めたけれど、意地になっていたんだと今なら分かる。

意地になったのは、怖かったからだ。

この世界に暮らす人たちが自分に向ける悪意や、蔑みの気持ちが怖かった。でも、それを自覚して動けなくなることは避けたかった。だから自分を奮い立たせ、意地を張った。

けれど、そのせいでたくさんの人に迷惑をかけたし、心配もかけてしまった。

たまたまマリウスさんやグラハム主任たちのような親切な人たちと出会えたから、事故も怖いこともなく他の国に行ってまともな仕事を得て生活できていたけれど、怖い思いをして死ぬような結果になった可能性も十分にあった。

この世界では命は簡単に失われてしまう。魔物に襲われて死んでしまったかもしれないし、夜盗に捕まって酷いことされて売り飛ばされてしまったかもしれなかった。

私は単純に運が良かっただけ。

意地を張らず、素直になることは大事なことなんだ、そう思う。

私が意地になって取った行動で、迷惑をかけた人が大勢いる……それを知ったのは王都ファトルに帰ってきてからのことだ。

お披露目会を担当していたトマス・マッケンジー氏をはじめとする文官たち、お世話をしてくれた侍女のマリンさんたちにも迷惑をかけた。グラハム主任やマリウスさんたちに至っては、誘拐犯にしてしまうところだった。

自分の思い込みや意地でもってひとりで決めた行動は周囲に迷惑をかけてしまうことも、私を心配してくれる人が大勢いることも知った。

ひとりでできることは限られているし、気付かないこともたくさんある。自分ひとりで生きていこうだなんて、最初から無理だったのだ。

そう思えるようになったことは、自分にとって気付きであり成長だったとも思う。

王都ファトルに戻ってきてよかった。

最初はここで全てのケリをつけて、ひとり新たに旅立とうと思っていた。新たな国の新たな場所で、ひとり自活していくことが自分の幸せで自分の望むことだと思っていたから。でも、自分が幸せだと思っていたことは、生きていくための手段でしかなかったと分かった。

私はこの世界にやってきた瞬間からフェスタ王国の国民で、この国の決まりや法律の元で生きていかなくちゃいけない立場であることも分かった。

気がつけば、なんの関係も縁もなかったこの世界の人たちと、たくさんの縁を結んでいた。

仕事上の関係で結ばれた縁、お茶や食事から結ばれた縁、お世話をしてくれたことから結ばれた縁、誘拐されたことから結ばれた縁もある。その中には恋をして結ばれた縁もある。

神様が決めた運命の相手、そういう相手のいない世界に生まれて育った私には、自分以外の人が決めた相手にピンとくるものがなかった。運命の番だなんて、物語の中のフィクションだった。

リアムさんが女神様の決めた相手だ、と知ったときは驚いた。でも、私が恋したリアムさんは私自身が想い願って結ばれたいと思ったお相手だ。

女神様が決めた運命の相手としてじゃない。

『……』

声がまた聞こえた気がして、目を開ければ左手を大樹の幹に当てて、右手をリアムさんに取られている格好そのまま、数センチだけれど宙に浮かんでいた。

上から降り注いでいる黄緑色の光球も下へ落ちないで、周囲にたくさん浮かんでいる。

大神官長様の歌が終わると同時に私たちはジャンプした後のように地面に足をつき、空中に留(とど)まっていた光球も下へと降り始めた。

「……なにが、起こったの？」

大樹の幹から手を離すと、急に左手がカッと熱くなる。その熱は数秒で引いて、なんともなくなったけれど、それも含めて一体なんだったんだろう？

「ほうほうほうほうほう！」

ゆっくりとした歩調で近づいてきた大神官長様は、嬉(うれ)しそうに声をあげて私の左手をじっと見つめた。

「これが神託の結果というやつですな！　これが、女神の是認」

「ぜ、にん？」

どういう意味だっけ？　認めるとか肯定するとか、そういう意味だっけ？

「オルコック殿にも……、おお！　ほお、これは良い！　誠に素晴らしいことですな！　長年神殿にて女神様を奉じてまいりましたが、これを目の当たりにできる日が来ようとは……」

感極まっている大神官長様は、女神様に捧げる言葉をひとりでぶつぶつと呟き始めてしまった。

こんなに自分を愛して奉じてくれる大神官長様がいて、きっと女神様も満足に違いない。

「レイナ、大丈夫か？　気分が悪いとか、頭が痛いとかはないか？」

「大丈夫です、リアムさんこそ平気ですか？」

「ああ、俺は何ともない。それより、これは？」

リアムさんは私の左手を掬い上げて視線を落とす。そういえば大神官長様も私の左手を見ていた。

「……なに、コレ？」

私の左手の薬指、第二関節から手の甲の間に青緑色の蔦模様が浮かんでいて、関節の真ん中には小さな花模様が一輪、真珠のような輝く白色で咲いている。

さっき左手が熱くなった理由がこれだろうか？

「同じものが俺にもある」

リアムさんの左手薬指にも、全く同じ蔦模様と花が咲いていた。

「それこそ、女神の是認！　ふたりの関係を女神様が祝福し、お認めになった証ですぞ！」

大神官長様はリアムさんと私の左手を手に取り、交互に見ては「うむ！」と満足そうに頷く。

「ブレナン大神官長、この模様が女神の是認だと？　神託の結果だとおっしゃる？」

「そうとも！　この神紋は女神様がお認めになった者だけに授けられるもの。先ほど話しましたエイダ姫、彼女も是認を受けたと伝えられておりますよ。番相手である男性と揃いの神紋を、お互いの左手首に授けられたと」

自分が相手だと名乗り出た男性が本当に自分の番なのか、それが分からなかった王女様。彼女はそれが本当なのか知りたくて女神様に聞いた、その答えがお揃いの模様だった。お揃いということは、番だという証明。

リアムさんと私の薬指に同じ模様が浮かんだということは、私たちが番だと証明されたことになる……のだろう。

「おや？　おやおやおや、エイダ姫と番殿の授かった神紋とは花模様が違うようですな。これは、ふうむ。うむ、うむ」

大神官長様はひとりで納得したようにうんうん唸って、私たちの手を放してくれた。

「花模様が違うことに意味があるのですか？」

「エイダ姫と番の左手首にあった模様の花はユリとスイセン。二輪は茎を絡めるように咲いていたと伝えられておりますな」

「ユリとスイセン？」

「エイダ姫の花がユリ、お相手がスイセン……そう推察されますぞ。ふたりが番である、という証明という意味では。けれど、おふたりはミラの花一輪」

「その意味するところは？」

大神官長様はまた「ほっほっほ」と皺を深くして笑った。

「女神様が決めた縁ではなく、おふたりが自身で願った縁を祝福してくれたのではないかと、推察しますですな」

推察だ、とそこを強調しながらも大神官長様は嬉しそうに、またリアムさんと私の左手を見て笑った。

「……レイナ」

「はい？」

私は再びリアムさんに両手を取られた。真正面に向き合うのは初めてかもしれない。距離も微妙に近くて、心臓が大きく鼓動する。

「キミが好きだ。だから、俺と〝付き合って〟ください」

聞き慣れない言葉を聞いて、私はきょとんとしてしまった。

こちらの世界では〝付き合う〟という言葉は一緒に行くという以外の意味はない。男女間の交際についての意味合いはないのだ。

番同士ならばすぐに婚約をして結婚に至るのが一般的だし、番同士でなくても数週間から数ヶ月の交流期間を経て婚約、結婚になる。

「俺の〝彼女〟になって、俺を〝彼氏〟にして。キミを大事にするから」

「……どうして、その言い方」

「従妹（いとこ）殿から聞いた、レイナの世界で恋した相手とどういう手順で関係を深めていくのかって。だから、最初は知り合って距離を縮めて、それから告白」

「……」

手をぎゅっと握られ、いい笑顔のリアムさんは改めていった。

「女神の決めた運命の相手、ではなくて……俺自身がキミに恋をして、ずっと一緒にいたいと思った相手がレイナだから。俺が決めた運命の相手はレイナだけ。だから、俺の彼女になって」

女神の決めた運命という縁ではない、自分が決めたといわれて……こちらの世界では一般的ではない、私の知る交際の手順を踏んでいこうとする心遣いに私の気持ちは鷲掴みにされた。

そもそも、この人は勝手に出ていった私を追いかけてきてくれて、番とは関係なくゼロから関係を築こうとしてくれた。

「もちろん、将来のことも視野に入れての交際だから」

私の手首には、リアムさんから贈られた白花モチーフのブレスレットが光る。白花祭りの日につけてもらって、そのときから外したことはない。外そうとも思わなかった。

今思えば、それは私自身自覚のない、自分の気持ちからだったのかもしれない。

この人と一緒にいたいって、そういう気持ち。

「……はい」

返事をした瞬間、大きな体に抱きしめられて額や目尻、頬にキスの雨が降ってくる。チュッチュと聞こえるリップ音が恥ずかしくって顔を少し背ければ、満面の笑みを浮かべた大神官長様と目が合った。

「……っ！　り、リアムさんっちょっと、やめっ」

「無理。やっとレイナを抱きしめられる権利を貰ったのに、やめろとか無理」

人前だっていうのに、キスの雨はやむことがない。

「ほっほっほ。若いということは、良いことですな。それに……自ら運命の縁を手繰り寄せたふたりが、共にいることを望み誓ったその瞬間に立ち会えたことも、これまた良きこと」

大神官長様は笑い、神殿でお祝いのときに歌うのだという〝祝福の歌〟を歌ってくれた。

その声はゆったりとしていながら澄んでいて、とても耳に心地いい。

歌は女神の大樹のお膝元という不思議空間じゅうに響き渡った。

体中がほんのり温かく感じられるのは、歌のせいか、不思議空間のせいか、力強く抱きしめられているせいか。

歌声に合わせるように、大量に降ってきた光球の間から女神の大樹を見上げて心の中で呟いた、女神様に届くように。

私が自分で決めた好きな人との縁を認めてくれて、お祝いしてくれてありがとう。

閑話　フェリックス・アダム・エインズリーの辛抱

王太子執務室の扉は厚く、重く作られている。

それはいざというとき、室内への賊(ぞく)の侵入を防ぐためのものなのだが……その扉が勢いよく開いて、大きな軋(きし)み音を響かせたとき〝獣人相手にはもっと強度が必要だな〟と改めて思った。

「あにうぇぇぇえええ！」

言葉通り室内に転がり込んできた末弟は、手に握りしめていた数枚の書類を差し出してきた。強く握り込まれていたせいでぐしゃぐしゃになっている。

「……？　除籍手続きとそれに伴う改名の書類じゃないか。ユージン・オルコックは次男だから、家を出て平民になることは決まっていたことだろう」

末弟の侍従を務めていたユージン・オルコックは、伯爵家の次男。貴族籍を抜けて平民になり、自立するのは貴族家の次男三男にとっては当たり前のことだ。

「まあ、王子付きとしては貴族であってくれた方が何かと都合がいいけどな。まあ、貴族の生まれだということは皆が承知していること……」

「あにうえええええ！　こっちいいい！」

末弟はさらにもう一枚の書類を机の上に叩きつけた。その勢いでガラスペンが少し浮いた。

「？　……ほお！　辞職願か！」

ユージン・オルコックの名で出されたそれは、王宮文官を辞する届出書だ。

辞職理由としては、王子の留学中に関する提出書類を王宮外務室に提出するのではなく、外務室に勤務している自身の兄に直接提出した。結果、書類は収奪され正しく提出されず、職務を全うできず混乱を招いた。その責任を取って辞職する、とのことだ。

兄のオーガスタス・オルコックは外務室勤務を外され、確かどこかの閑職へ左遷させられていたはずだ。確かに書類収奪の責任は取らねばならないが、辞職するほどではない。

平民籍になると同時に、別部署に移動するのが丁度良い責任の取り方になるのだろうが。

「本人が辞めたいっていってるんだろう？」

そういうと、末弟は滂沱の涙と鼻水を流し、執務室にいた部下たちやクリスティアンを驚かせた。

「いやだああああああああ」

「嫌とかいわれてもな」

コンコンと開け放たれたままの扉を叩く音が聞こえ、そこから噂の男が顔を出した。

「申し訳ありません、こちらにイライアス殿下が……ああ、勝手に執務室からいなくならないでください。引き継ぎも忙しいので」

「ゆーじんがやめるってえええいうがらあああ」

ユージンは涙と鼻水でドロドロになった末弟の顔をハンカチで乱暴に拭った。非常に手慣れた様子だ。

「殿下には申し訳ありませんが、王宮文官は辞めさせていただきます。自分がいなくても、優秀な侍従は大勢いますので、問題はありません」

「ゆーじいいいいいいいいん！」

「……ユージン・オルコック、こちらの書類は問題ない。キミはオルコック伯爵の籍を出て、平民籍となる。同時にリアム・ガルシアに改名だな。本日付けで処理される」

「ありがとうございます」

本来は末弟が署名するべきところに、私の名で署名する。それから、辞職願を手にしてそれをヒラヒラさせた。

「一応、辞職理由を読ませてもらったが、辞職までは求めていないのだがね？」

「いえ、王都にはいられませんので」

「ん？」

ユージン……いや、リアム・ガルシアはクリスティアンの前に進み出ると、胸ポケットから綺麗（きれい）に折り畳まれた紙を取り出し、差し出した。

「アディンゼル大公閣下、私を麾下（きか）に加えていただけませんでしょうか」

クリスティアンは受け取った略歴書と本人を交互に見ながら、ニコリと笑った。まあ、リアム・ガルシアは文官として有能だから、レリエルを治める領主としては雇って問題ない、というか欲しい人材だろう。

「ぐりすぅぅ、ゆーじんはぼくのじじゅうなんだってばあああああ！」

「イライアス、うるさいぞ。おまえのところを辞めて、私のところに来たいとは本人の希望だ。表向きの辞職理由はどうでもいい、本当の辞職理由はレイナ嬢のことだろう？」

クリスティアンの言葉にリアム・ガルシアは頬（ほお）を赤く染めて頷（うなず）いた。まあ、番（つがい）関係を持ち出されたら引き留めることは難しい。

「レイナは王都での暮らしを望まないでしょう。東にある国への旅も考えているようですし、旅から戻ってから暮らそうと考えている街は、おそらくレリエルです」

「だから、私の麾下に入ってレイナと共にありたいと？」

「はい。ぜひ、お許し願いたい」

私は辞職願に署名を入れ、クリスティアンに差し出した。

「あにうえええええええええ！」

末弟の叫び声が室内に響いたが、それを無視する。

「リアム・ガルシア、本日このときをもって辞職を許可する。長きにわたる献身、感謝する。弟は未熟で、さぞ手がかかっただろう。今後はクリスの元でその力を発揮してくれると嬉しい」

「……王太子殿下、ありがたきお言葉です」

スッと美しい所作で礼を取る、が、その尻尾は大きく揺れている。

「よし、では早速手続きをしよう。来月にはレリエルに戻るつもりでいる、そのときレイナ嬢も当然連れて帰るつもりでいてな。キミのことをどうしようかと考えていたところだ」

「ご心配をおかけしました」

「いや、イーデンも年を取ってきたからな。キミには……」

クリスティアンとリアム・ガルシアが執務室を出ていき、残されたのは号泣を続ける末弟だ。

「イライアス、泣きやめ。いい年の男が泣いていても、見苦しいだけだ」

「あにうえがあああああゆーじんをおおおお！」

末弟はさらに声をあげて泣き出し、泣きやむ気配がない。部下のひとりが部屋を出ていったので、おそらく第三王子付きの誰かが回収……いや、迎えに来るだろう。それまでの辛抱だ。

「いいか、イライアス、よく聞きなさい」

「あにうええぇ？」

「レイナ嬢とユージン、いやリアム・ガルシアのふたりに対して、おまえのしたことは結果的に酷いことだ。番を大切にする我ら獣人にとって、非道な行いだ。それは分かるな？」

「ばい」

末弟は部下が運んできた椅子に座ると、項垂れた。零れた涙がポタポタと腿や握り込んだ両手に落ちる。

「おまえが彼を信頼していたことは分かっているし、彼もよく仕えてくれていた。そんな信頼する侍従を失ったことは、おまえへの罰だ」

「そんな……」

「もっと視野を広く持ち、そばにいてくれる者たちのことにもっと心を配れ。部下たちの人生をおまえの勝手で変えたり、潰したりしてはいけない。おまえは危うく侍従の人生を潰すところだったんだ。幸い、レイナ嬢はリアム・ガルシアと共にいることを選んでくれたが、そうならない可能性もあったんだ」

「……ばい」

ズゥビビッと洟を啜り、部下が愚弟にちり紙を差し出した。それを受け取った愚弟は何度も何度も洟をかんだ。

「ここからしっかり学んで、上に立つ者としての成長を期待するぞ」

「…………ばい」

愚弟は迎えに来た自分の部下と共に、自分の執務室へと戻っていく。その背中は丸まり滂沱の涙を流していたが、部下たちからは今日の分の仕事を片付けろとせっつかれることだろう。

「イライアス殿下も、これで広い視野を持つ大人になっていただきたいですなぁ」

「そうだな」

ドンッと執務机が揺れるほど、大量の書類が未決裁の箱の中に入れられた。

「……おい？」

「さあ、殿下。そばにおります我らのことを考えてくださるのなら、書類を片付けてくださいね」

部下たちのいい笑顔が私に向けられる。

「数日帰宅できていない者もおりますし、婚約したばかりなのに休暇が全く取れないでいる者もおります。王太子殿下、我らの人生をどうかお守りください」

「殿下、よろしくお願いします」

「殿下」

末弟にあれこれいった手前、やらざるを得ない状況だ。

こんなことなら、あんな簡単にリアム・ガルシアをクリスにくれてやるんじゃなかった。

そうだ、今からでも遅くはない。私はクリスに仕事を振ってやろうと、違った方向のやる気に満ちてガラスペンを手に取った。

いつか部下に十分な心配りのできる立派な大人に私もなりたい。なりたいが、それは今ではないのだ。

閑話 マリウス・ベイトの決意

ランダース商会は大きく揺れた。先代から続いた商会の歴史の中で、こんなに揺れたことはないだろう。

当代の会長夫人が、隣国フェスタ王国の異世界からの番（つがい）（レイちゃんのことだ）を誘拐して傷付け、その前にも貴族社会に対して異世界からの番を盾にするような噂（うわさ）を故意に流した。レイちゃんはその噂を真に受けた多くの貴族から誹謗中傷を受けた……そんな事実が浮き彫りになったからだ。

当然、ランダース商会の会長夫人のしたことは大きな問題となった、でも僕たちがレイちゃんをフェスタ王国から連れ出したことは問題にされなかった。普通なら、〝誘拐〟といわれてもおかしくないのに、逆に〝保護してくれたことに感謝する〟なんていわれたくらいだ。

ウェルース王国とフェスタ王国の間でどんなやり取りがあって、どんな取引があったかは分からない。


現会長と会長夫人は商会から引退して、以後一切関わらないこと。

五年間は他国に支店を出すことを禁止すること。

ランダース商会が国から通達されたことはこの二点だけ。きっと、レイちゃんが取りなしてくれたんじゃないかって僕は思ってる。

商会は長男夫妻が引き継いで新しい会長と会長夫人に就任、前会長夫妻は引退して先々代の会長夫人が暮らしている田舎町へと封じられたらしい。先々代の会長夫人はとても厳しい方で、ふたりのお目付け役になるのだと聞いた。

クルトさんと奥さんになったミレイさんは首都ウェイイルを離れ、国境近くにある街の支店へと異動していった。

クルトさんもミレイさんも、自分たちの結婚に関してレイちゃんを盾にしていたなんて知らなかったから事実を知ったときはとても驚いてショックを受けていた。さすがに首都にはいられなくて、商会の中でも一番小さくて一番商売に苦戦している支店に志願した気持ちも理解できる。

田舎にある小さな支店は苦労の連続らしいけれど、夫婦と数人の従業員で頑張っているらしい。

王都ウェイイルに二つある支店は貴族の利用が一斉に減った、仕方がないことだけれど商売は信用第一であることを改めて思い知らされる結果だ。幸い、王都でも庶民の利用は変わらなかったし、他地域にある支店はほとんど影響を受けなかった。

従業員は辞めた人もいるし残った人もいて、王都に二つあった支店を本店ひとつにまとめ、今は信用を回復するために堅実に商売を続けている最中だ。

正直なことをいえば、僕はランダース商会を辞めようかと考えた。きっとグラハム主任もバーニーも迷ったに違いない。

レイちゃんをウェルース王国に連れてきたのは、完全な善意から（そもそも、異世界からやってきた番を国外に連れ出すことが違法なんて、全然知らなかった）だった。彼女を守り、生きる道を自分で選択できるようになって選んでくれたらいい……そんな風に考えていた。

それが、結果的にレイちゃんには連れ出した先でも辛い思いをさせてしまい、ランダース商会にも損害を与えることになってしまったから、いろいろと考えてしまうのだ。

レイちゃんをフェスタ王国から連れ出したこと、ここですでに間違えていたのではないか？　と。

僕は商会本店の休憩室でマグカップに淹れたミルクティーをゆっくり飲んだ。ため息をつきながら飲むミルクティーは、はちみつをたっぷり落としているのに甘みを感じない。

思い返せば、初めてレイちゃんと一緒に飲んだのもミルクティーだった。

「……」

この休憩室でレイちゃんが異世界の料理をたくさん作ってくれたことを思い出す。

マッチャを使ったアイスクリームやカップケーキ、大きく切った果物の入ったソルベなどのスイーツ。オムライスやマゼコミ（炊いたコメに味付けしたきのこや鶏肉を混ぜたもの）、カユなどのコメ料理、オコノーミという丸くて平ったい具だくさんなクレープもどきなどの食事。

目新しくて、でもどこか懐かしくてとても美味しい料理の数々。

レイちゃんが作ってくれた料理があったから人気になった東方食材はたくさんあるし、既存の食材の売り方にも応用した結果、全体的に食品部門は売り上げが伸びた。

あの頃は本当に充実していて、仕事が楽しかった。

従業員もお客様も、皆笑顔だった。みんなレイちゃんのお陰だ。

「……どうなるのかしらね、これから」

レイちゃんはフェスタ王国へ帰ってしまった。もうここにはいない。

人攫いだと思っていた人たちは、フェスタ王国の大公様からの使いで、レイちゃんを迎えに来た人たちだったと後から聞いた。いや、でも、あの時は事実として完全な人攫いだったと思うけど。

彼女がいなくなった商会事務所は活気が減り、寂しい雰囲気になっている。僕自身もとても寂しさを感じている毎日だ。

再びため息をつくと廊下からドタドタと騒がしい音がして、その音の発生源が休憩室に飛び込んできた。

「マリウス!!」

バーニーは僕の目の前まで来ると、手にしていたチラシを突き出す。

「なにそんなに慌ててるの、制服をちゃんと着なさい。それと、そんなに近づけたらなにも見えないったら」

目の前のチラシを受け取り、改めて見てみると【大東方博覧会！　東方地域の珍しい品を多数展示即売いたします。美味しい試食を多数用意してお待ちしております】という文言と開催日時、リョクチャにマッチャやコメ、ノリといった品の絵が描かれている。そして、チラシの下部には主催者として〝ワイラー商会〟と〝ゲイソン商会〟という競合他社の名前が並んでいた。

「これって……」

「そうなんだよ！　ウチの商会の二番煎じだけどさ！　こんな丸っと全部パクってくるとか信じられない!!　商品はウチが最初に仕入れたものだし、食べ方も売り方も考えて教えてくれたのはレイちゃんなのに！」

バーニーは叫び、子どものように地団駄を踏んだ。でも、その気持ちは僕にも分かる。

きっとランダース商会の勢いが削がれたから、今首都で人気上昇中であるファンリン皇国やポニータ国の商品の売り出しを自分たちでも始めようとしているのだ。

「マリウス、これはダメだよ！　絶対ダメ」

「でも……」

怒り心頭なバーニーの気持ちは分かる、僕だって同じ気持ちだ。でも、今のランダース商会に二つの商会を相手に張り合う力はない。

「でも、じゃない！　だいたいさ、いつまで腑抜けてるつもりなんだよ!?」

「え……」

バーニーの目は真剣そのものだった。

「レイちゃんは国に帰っちゃったよ？　すごく寂しいし、あの美味しいご飯が食べられないのだって悲しい。でも、このままでいたらレイちゃんが作ってくれた東方商品の流行、東方商品の販売を、よその商会に奪われちゃうじゃないか！」

バァンッ！　とテーブルの天板をバーニーが叩き、ミルクティーの入っているカップがその衝撃で動いた。

「そんなの、許せない。だから、こっちもなにか打って出よう！」

「バーニー……」

「次レイちゃんに会ったとき、レイちゃんが中心になって皆で作った商会発の東方好景気は、こんな風に成長したんだよって報告したい。廃れたとか、よその商会に取られたとかは絶対にいいたくない」

次、レイちゃんに会ったとき、またあの子に会うとき、僕は……。

「そうだ。バーニー、たまには良いことというじゃないか」

扉が開きっぱなしになっていた休憩室にグラハム主任が入ってきた。手には大きな四角い箱が三段ほど重なったものを持ち、茶色の油紙に包まれた長細い筒のようなものを数本脇に抱えている。

「グラハム主任」

「大東方博覧会とやらのことを調べてきたぞ」

テーブルに四角い箱を置き、グラハム主任はバーニーと他商会が開催を企画している大東方博覧会の話を始めた。

僕が想像していたほど大規模ではないことや、主には東方食品の販売が中心であるとか。試食を多数用意しているといってもリョクチャやマッチャを味見させて、カユを少しばかり試食させる程度であるらしい、とか云々。

「それでも、ウチだってなにかやらなきゃダメだと思うんですよ！」

「そうだな、俺もそう思った。だからレイが作ってくれていた商品一覧表を見ながら、商会の倉庫を確認してきたんだよ。それで見つけたのがコレだ」

三段に重ねられた四角い箱を開けると、中から出てきたのは東方の装飾品だ。

色水晶や真珠などで作られた花や蝶、球型や雫型の宝石が揺れる美しい髪飾り、クシやカンザシと呼ばれている品。僕もその美しさに魅せられて、小さな飾りのついたものを個人的に購入して髪をまとめるのに使っている。

「それと、コレもだな」

抱えていた筒の油紙を開けば、中から出てきたのは布だった。

「凄い凄い、綺麗な生地！」

バーニーは布を手に取って広げ、目を輝かせた。

テーブルに広がった赤や水色や緑といった華やかな色合いの布に、細かく縫い取られた刺繍がとても美しい。東方ではこの布で衣類を仕立てると聞いている。

「確かにとっても綺麗なんだけど、さすがにこの布でドレスを仕立てるのは難しいんじゃない？」

生地としては上質で、染めも刺繍も煌びやかで美しいけれど、この国の人たちの衣類にはできないだろう。デザインがあまりに東方風に寄りすぎていて、この国のドレスデザインには合わない。

「それはレイもいっていた。だが、扇子の布地や小さな鞄、ポーチ、室内用靴、あとは布製のコサージュ、髪飾りなんかの小物類にすると需要があるだろう、とな」

「……なるほど」

グラハム主任は僕の頭をぐりぐりと掻き回した。髪をまとめているカンザシがチャリチャリと音を立てて揺れる。

「レイの兄貴分なんだろう。妹が主体になって残した事業を引き継いで、さらに大きくしようとは思わないか？　次にレイに会ったとき、胸を張っていえることを成し遂げたいと思わないか？」

「…………もう、分かりましたよ」

僕は大きく息を吐いて、気持ちを入れ替える。

「そんな風にいわれたら、やらないわけにはいかないじゃないですか」

そうだね、レイちゃん。僕たちは二度と会えないわけじゃないんだよね、また僕たちは会える。

きっとキミは持ち前のパワーでもって、フェスタ王国でも頑張るんだと思う。守衛くんとの関係も、自分なりに考えて結論を出していると思う。キミらしく、前向きに。

「よし。それじゃあ、意見を出し合って企画書を作ろう。その後、新商会長へ提出して決裁してもらえるよう持ち込むぞ」

「おー！」

「おう！」

三人で声をあげていると、「何事？」と数名の社員が休憩室に入ってきて、テーブルの上にある東方風のアクセサリーや美しい布地に目を見開く。

さらにバーニーが自慢げに「レイちゃんの作ってくれた東方好景気を廃れさせず、ランダース商会の手にその主流を取り戻すんだ！」と叫び、まだ計画ともいえない話を披露する。

皆は呆れるか、苦笑いを浮かべるか……だと思ったのに、僕の予想は外れた。

「そうだそうだ！」とか「俺たちの商会がやらなくちゃだ！」とか「東方好景気は俺たちが続けるぞっ」と賛同し始めてしまったのだ。

「……」

まさか賛同する者が増えるとは思っていなかったし、人が増えるとしてももっと計画が具体的になって動き出してからだと思っていた。だから……僕は驚いてバーニーを中心に盛り上がっている社員たちを呆然（ぼうぜん）と見つめる。

「マリウス、しっかりしろよ」

「グラハム主任……」

「大丈夫だ。俺たち三人ではやりきれないことも、こうやって人手が増えればできるようになる。新しいアイディアだって出てくるだろうし、会社側だって無視できなくなってくる。まとめるのは大変だろうが、やりがいはある」

「……」

「この企画を成功させて、ファンリン皇国やポニータ国へ実際に行こう」

なにいってるんだこのオッサンは？　そういおうとした瞬間、グラハム主任の大きな手が僕の背中をバンバンッと叩いた。力強く叩かれて背中にしびれるような痛みが走り、一瞬息が詰まる。

「なっ……なにをいって……」

「俺は見たいんだよ。実際にこの目で東方の国々の景色、食べ物や衣類、演劇や音楽……あの子が見たい、行きたいと願っていた場所をさ」

「…………確かに、僕も行ってみたい。きっと、レイちゃんの生まれた国と近い部分がある国なんでしょうね」

「ああ。それに、こっちで東方の商品がもっと気軽に手に入れられるようになったら、きっとレイは喜んでくれるだろう」

ああ、そうだ。レイちゃんは気軽に出国できない立場で、それを自覚してしまった。そうなったあの子が、故郷の品や味に近いものを手にするためにはお店で購入するしかない。でも、東方の品を買えるお店はまだ少ないし、品揃えが豊富ともいえない状態だ。

「そうね、僕たちは商売人だから。商売人らしく、妹分を喜ばせてあげなくちゃ……だね」

「よし！　騒ぐのは終わりだ、我々の東方企画について話し合いを始めるぞ。バーニー、明後日の会議室を押さえておけ、みんなはそれまでに東方商品に関係する企画を考えてまとめてくれ。明後日、それぞれ発表して話を進めていくぞ！」

誰もが東方商品を気軽に買って楽しめる、それが当たり前になるように……僕たちは動き出す。

レイちゃんとまた会ったとき、たくさんの商品を見てあの子が笑ってくれるように。「マリウスさん、頑張ったんですね！　さすがです」と褒めてもらえるように。

「いいな、マリウス」

「もちろんですよ」

僕は重たくなっていた腰を上げる。

レイちゃんのように、前を向いて歩いていくために。次彼女に会ったとき、胸を張って自分たちが成し遂げたことの報告ができるように。

閑話　ヴィクター・キム・オルグレンの前進

いつもの道、その途中にワゴン店を出しているいつもの花屋、いつもの店員、いつものやり取り、いつもの花束。そして俺は、変わらぬ想いを持って最愛の元へと向かう。

墓所周辺に落ちた枯れ葉を風魔法で集めて掃除をし、水魔法で墓石を洗い、綺麗（きれい）になったところに花束を供える。そして墓石の前に座り、名前の刻まれた石板に触れた。それは白と薄青が混じったような色の、墓石に使われる一般的な石で出来たよく見かけるものだけれど……最愛の名が刻まれていると思うと、温かみを感じるような気がする。

「今日は話したいことがあるんだヨ。驚かないで聞いてほしいナ」

クレア・M・オルグレンと刻まれた文字を何度も撫（な）でた。

「春になったら長期で街を空けることになるんだヨ。またしばらく顔を出せなくなる……つまらない話で悪いナ。でも、この仕事は俺が引き受けなきゃダメなやつだったんだヨ」

文字を撫でた手が石板に作られたくぼみと、そこに納められた品を保護する透明カバー部分に触れた。そこには指輪が二つ入っている。

ひとつは最愛が異世界からやってきたとき指に嵌（は）めていたものだ。彼女の家に生まれた女の子に代々受け継がれてきた指輪だそうで、十六歳の誕生日に母親から譲られたとか。王冠と小さな真珠をあしらったそれは、最愛にとても似合っていた。

もうひとつは俺が贈ったものだ。番う相手に贈る装飾品に指輪というのは、こちらの世界では一般的じゃないことは承知している。けれど最愛の世界では指輪が最も一般的であると聞いていたし、彼女を悲しませるようなことは絶対にしないのだ、という俺の気持ちも込めて……俺と最愛の瞳の色である薄青と濃青の二色を持つ宝石を使って特注で作ってもらって贈った。

代々受け継いでいるという指輪を外して、最愛は俺の贈った指輪をその指に嵌めてくれた。そのときは天にも昇るような……高揚した気持ちになったのをよく覚えている。

『これは私たちの間に娘が生まれたら、引き継いでもらうの。……いいでしょ？』

そういって少し恥ずかしそうに微笑んだときは、心臓が破裂するんじゃないかと思うくらいドキドキしたこともよく覚えている。彼女は俺の伴侶となり、子どもをもうけて家族になることを受け入れ、望んでくれたのだから。

「前にも話したと思うけど、お嬢さん……レイナ嬢のことサ。彼女、この世界を見てみたいってずっと考えていたらしくてネ？　異世界からの番は簡単に国外に出ることはできない決まりなんだけど、まあ、国の手落ちでいろいろあったからそのお詫びも兼ねて、国外へ見聞の旅に行くことが許可されたんだヨ」

透明な保護カバーを外すと、二つあるうちの最愛が受け継いだ伝統の指輪を手に取った。何度見ても細くて、華奢な指輪だ。

「当然あの子の番であるオオカミくん、ユージン・オルコック……じゃない、リアム・ガルシアは同行するけどネ。彼だけじゃ不安だし、心配だって思ったのは王太子殿下も大公閣下も、イーデン執事長からルークやコニーまでほぼ全員だったんだヨ。キミもそう思うだろう？」

俺は首から下げたチェーンを一度外し、伝統の指輪を通すと再び首に掛けた。もともと掛けていた結婚指輪と重なってチリッと小さく音を立てる。

「だってあのお嬢さんだヨ？　この世界のことなんて碌に知りもしないのに、王都を飛び出すだけじゃなく、国まで飛び出してっちゃったお嬢さんだヨ？　なにがどうなるか、分かったもんじゃないよネ」

通常ならあり得ないこと、それをやってのけたのが彼女だ。

「それで、もう一人護衛をって話になってネ。まあ当然、ルークか俺かって話になって……俺が立候補したんだヨ。ほら、ルークのところはまだ子どもがちっちゃいから、ルークと離れて暮らしてると子どもが〝おじさんだれ？〟ってなっちゃうだろうからサ。さすがにそれは、ちょっと、哀れかなーって思ったんだよネ」

お嬢さんの護衛任務って話が出て、その任務期間が長期だって聞かされた瞬間にルークの顔が真っ青になったのはすぐに分かった。まあ、番である嫁とその間に生まれた愛息子と何ヶ月も離れて暮らすなんて、辛い。……そもそもこれは俺に振られるべき仕事なんだとすぐに分かった。

「だからちょっと長くなるけど、お嬢さんのお供で国外に行ってくるヨ。あ、心配はいらないからサ。俺にはキミという最愛がいてお嬢さんにも番がちゃんとできたから、俺とお嬢さんの間に男女の恋愛感情なんてないヨ、全くない！　微塵もない！　全然ない！　あくまで、お嬢さんの護衛兼保護者として、大公閣下からのご命令と王太子殿下からのお願いで同行するだけからサ」

首から下げた二つの指輪にキスを落とし、最愛に誓う。

「安心して、待っててヨ」

俺の心はキミに捧げた、それは俺の命が尽きるまで変わらない。ずっとずっと、想っている。

「……本当にいるし」

「だから、多分ここだといったろ？」

土と砂利を踏む二人分の足音が近づいてくるから、誰かと思っていたら……案の定、噂の人物だった。

「お嬢さん、とオオカミくんか。なにか俺に用事だったのかナ？」

「ここに来てもいいかって許可を貰いたかったの、だからお屋敷を捜したのにいなくて。そしたら、リアムさんが多分ここだっていうの。半信半疑だったけど、本当にいるなんて驚いた」

お嬢さんは俺の顔を実際に見てもまだ〝信じられない〟といった様子だ。対してお嬢さんの番、オオカミ獣人のリアム・ガルシアは〝だからいったろ〟と満足げな顔をする。

「……俺の可愛い人に会いに来てもいいかって、許可が欲しかったんだネ。そんな許可いらないヨ、お嬢さんが会いたいと思ったときに会いに来てくれたらいいサ」

だって、きっと、俺の可愛い人はお嬢さんの訪問を喜ぶ。

『私と同じ世界から、同じように召喚されてやってきた子だもの。同郷のよしみってやつね！　それに、レイナちゃん頑張っていて可愛いから』

そんな風にいって、お嬢さんを可愛がるのだろう。

「うん、ありがとう。お供え、させてくれる？」

「ああ」

立ち上がって場所を空ければ、お嬢さんは持っていたバスケットの中から赤いチェックのマットを取り出すと石板の近くに敷き、小さな円柱状のカップケーキを三つ取り出して並べた。そして、俺が置いた花束の隣に白と淡い黄色の花で出来た花束をオオカミくんがそっと置く。

「……」

お嬢さんは石板の前に膝をついて両手を組んで祈り、オオカミくんはその背後で礼を取る。ふたりの祈りの時間は俺が想像していたよりも長く、少し強い風が吹いてきたところでようやく顔を上げた。

「……ありがとう、キム」

お嬢さんは膝をついたまま俺を見上げ、礼を述べた。その顔はここに来たときよりもどこかすっきりしているように見える。

「いいや、お礼をいうのはこっちの方サ。俺の可愛い人に挨拶してくれて、ありがとう」

「……だって、キムを長くお借りしちゃうから。ご挨拶くらいはちゃんとしておきたかったんだよ」

赤いマットの上に置かれたケーキを一つ手にすると、お嬢さんは俺に差し出した。

「ん？」

「留学生たちと一緒に国外へ行くの、キムも同行してくれるんでしょ？　半年以上の長い時間を私に付き合わせちゃうことになるんだもん、そこはやっぱりご家族にはご挨拶をしておかなくちゃ」

お嬢さんから受け取ったケーキからはバターと果物、ほのかに酒の匂いがする。

「これ、お嬢さんが作ったのかナ？」

「そうだよ。お供えはその場で食べるものだから、キムも一緒に食べて」

残り二つのケーキをオオカミくんと自分で分け、お嬢さんはケーキにかぶりついた。

「お供えって、そのままにしておくものなんじゃないのかネ？」

「お花はいいけど、食べ物はそのままにしないっていうのが私の世界では一般的なの。虫や小動物が寄ってきて、お墓を汚したりしちゃうから。その場で故人と同じものを食べるって、そういうのも供養のひとつなんだよ」

「……そうなのか、良い供養の方法だね」

オオカミくんの言葉にお嬢さんは笑顔で応え、口の端についたケーキのカスを指で優しく取ってやる。傍からは恋人同士がイチャイチャしているようにしか見えなくて、随分といい雰囲気になってきたものだと驚いた。

番らしい行動がお嬢さんにも少しはできるようになったんだな、と感心しながら手渡されたケーキを口に運ぶ。

「…………」

口に運んだケーキは素人が家庭で作ったものにしては上出来なんだろうと思う。バターの香りがいいし、中に入っているドライフルーツと酒の風味はよく合っている。けれど生地はパサついているし、ドライフルーツは部分的に硬い。

そういえば、俺の可愛い人が最初に作ってくれた菓子もこういうシンプルなケーキだった。上にはクリームが綺麗に飾りつけられていたし、果物ものっていた。生地はふんわりとしながらしっとりしていて、バターや果物の風味が口いっぱいに広がって……人生であんなに美味いと思った菓子はなかった。

「……どう？」

「不味くはないヨ、でも、特別美味くもないネ。家庭で作る菓子ならこんなもんじゃないのかナ」

素直にそう感想を述べれば、オオカミくんは「おまえ！」と毛を逆立てて怒った。けれど、当の本人は「だよね～」といって笑っている。

「……怒らないのかナ？」

こういうときはお世辞でも〝美味しい〟っていうべきだろうし、〝美味くない〟っていわれた方は機嫌を損ねるもんじゃないんだろうか。なのに、お嬢さんは笑っている。

「え？　怒るも怒らないも、当然じゃない？」

「それは当然、なのかナ？」

「うん。クレアさんはお菓子作りのプロなんだよ？　素人の私が作るより美味しくって、見た目が綺麗なお菓子を作るのは当たり前だから。それに、キムにとって世界一大事な人が作ってくれたお菓子だもん、クレアさんが作った方が美味しいに決まってるの」

「……そっか」

「そうだよ、当たり前じゃない」

お嬢さんの作る少しパサついたケーキも、オオカミくんにとっては世界で一番美味いケーキであるように、確かに俺にとっては最愛の作った菓子が世界一美味い。たとえ出来上がったケーキがパサパサしていても、硬くても、焦げていても。

旅に持っていく小物を買い足しに行くのだ、とお嬢さんとオオカミくんは手を繋いで霊園出口に向かって階段を下りていく。その背中を見送れば、墓地には俺一人。最愛と二人きりだ。

「……どう思う？　お嬢さんはいろんなものに興味津々で怖いもの知らずに突っ込んでいこうとするし、オオカミくんは堂々とお嬢さんのそばにいられるってふわふわ浮かれてるしでサ？　そんなふたりが外国に行くなんて、心配になるだろ、不安になるだろ？」

　そういってから、昔イーデン執事長に同じようなことをいわれたことを思い出した。

　俺にもお披露目会で最愛と出会って、この先ずっと彼女のそばにいることができるのだと浮かれていた頃はあった。そう、今のオオカミくんのように俺もふわふわしていたのだ。それを見て「幸せで嬉しくてふわふわするのは分かりますが、大公閣下の護衛という職務を忘れないように」と大きくて鋭い釘を刺されたのだ。

　職務の都合上、俺は自宅を空けることが多くて彼女に留守を任せることが多かった。けれど、「ただいま〜」と戻れば「おかえり、お疲れ様」と笑顔で迎えてくれて、手製の食事と菓子が並ぶ食卓は幸せしかなかった。

　一緒に暮らし始めてから知る、彼女の過去。祖父母と両親と妹と弟がいること、菓子を専門に作る職人になるために学校に通っていたこと。こちらの世界に来る直前は学校の卒業試験の前で、果物を使ったケーキのレシピを研究したり試作したりと忙しくしていたこと。将来は自分の店を持って、大勢の人に自分の作った菓子を食べて笑顔になってもらうという夢を持っていたことなど。

　今すぐ店を持つ夢を叶えることは難しいけれど、俺はレリエルから程近いラフスター村で毎月第三週に開催されるラクーチラクーザなる市場の話をし、そこに菓子の店を出店するのはどうかと提案してみた。最愛はその提案に喜び、市場の出店で経験を積んで金を貯めて、将来的にはレリエルの街中に店を持つのだとこの世界での夢を持って笑ってくれたことは、今でも鮮明に思い出せる。

けれど、実際に最愛がラクーチラクーザに出店することは一度もなかった。レシピ作りと、その試作品を作って準備をしていたところへ、宝珠の館から保護された人たちへの菓子作り教室の話を受けたのだ。その結果、悲劇に見舞われてしまい……俺の可愛い人はいなくなってしまった。

あんなに世界が輝いていて楽しくて、ふわふわと幸せであったのにそれが失われるのは一瞬だ。

「……だからさ、あのふたりと一緒に行ってくるヨ。俺の手が届く範囲にいる人たちの中だけでも、俺たちと同じような目にあう人を出したくないから、サ」

風に運ばれてきた葉をもう一度払い、霊園出口に向かって足を進める。

「ああ、そうだ」

足を止めて振り返ると、花束が風に揺れた。

「キミが作ってまとめたレシピ帳をお嬢さんに見せてもいいかナ？　もちろん同じ味にはならないだろうけど、近いものはできると思うんだヨ。……いつか、キミの作ったレシピが家庭で作る菓子の味になったらいいかなって思えたんだ、お嬢さんの作る家庭のサ。どうかな、クレア。帰ってきたら返事を聞かせてほしい、考えておいてヨ」

分かった、と返事をするように風が吹き抜ける。

「じゃあ、行ってくるヨ。留守は頼んだからネ」

――あの子たちをしっかり守ってね、もちろんあなた自身も無事に帰ってきて。

亡き最愛の声が聞こえた、気がした。

第八章　旅立ち

港を一望できるカフェのテラス席から、これから乗る予定の船を見る。少しばかりアジア的だなと感じるのは、帆の形が違うからだろうか。

大きな船の向こうには真っ青な空に白い雲が浮かんでいて、茶色の羽を持った鳥が群れを作って飛んでいるのが見えた。

みゃあみゃあと猫のような声で鳴く鳥は砂鳥といわれていて、羽を広げると四メートルにもなる巨大な鳥だ。昔、両親と行った港町で見た海鳥によく似ている。色合いと大きさは違うけれど、船を係留する港にいるところも一緒だ。

「お嬢さん、お待たせ。荷物の搬入は終わったヨ」

キムは私の座るテーブル席に着くと、この辺の名産果物を使ったジュースを注文する。

「ありがとう。時間かかったね」

「アラミイヤ国行きの定期便は数が多くないから、乗る客が多いんだヨ。途中で降りる奴もいるしサ。だから荷物が多くて多くて」

キムのいうように、荷物の受付所と乗船受付所には大勢の人が集まっている。種族はさまざまで、服装もいろいろだ。あの人たちがみんな同じ船に乗るんだなぁ、なんてぼんやり思っているとビタミンカラーのジュースが運ばれてきた。

「荷物よりも乗船手続きの方が大変だヨ」

うはははっと笑い、キムはジュースを飲む。

「……だから自分は荷物搬入の方を選んだんだ」

「そうだヨ。お嬢さんの護衛としても、大公閣下の麾下としてもあっちが後輩なんだからサ。大変な方を引き受けるのは当たり前だヨ」

そういってニヤニヤ笑いを浮かべながら乗船受付所の方を見た。そこには大勢の人たちの間に混じって書類手続きをするリアムさんの姿がある。

「手伝いがいるんじゃないの？」

腰を浮かせると肩に手がかかり、椅子に戻された。

「あの人混みの中にお嬢さんを行かせられないヨ。じきに終わるから待っててネ。大丈夫、ああ見えて彼は元王宮文官だヨ？　書類仕事なんてお手のものサ」

それはそうなんだけれど、私だけ何もしていないのが気にかかる。でも、私が出ていって役に立つとも思えない。

キムのいうように船に乗る大勢のお客さん、フェスタ王国からファンリン皇国へ向かう二十人の留学生、アラミイヤ国へ向かう三十人の留学生でごった返している乗船手続きや荷物預かりをする場は、ライブ会場か初詣の時期のお寺のような混雑ぶりだ。

あの場所では揉みくちゃにされてケガをするか、行方不明になるのが関の山だ。

「それで、これからの予定と王太子殿下と大公閣下からのお願いは頭に入ったかナ？」

ジュルジュルと音を立てて鮮やかな色をしたジュースを飲みながら、キムは首を傾げた。

「うん。私たちはあの船に乗って、国費留学生たちと一緒にアラミイヤ国を経由してファンリン皇国へ向かう」

「アラミイヤ国との国交は長いけど、ファンリン皇国との国交はここ十年と日が浅いんだヨ。交換留学が始まったのも三年前、まだまだ東方諸国は我が国にとっては未知の国だネ」

「だから、留学生たちとは別に王太子殿下と大公閣下のご命令で〝異世界からの者としての目を持って、ファンリン皇国の社会と文化を見聞する〟んだよね。見聞したことを書類にまとめて、帰国後は直に説明するのが私の任務！」

「……注意事項は覚えてるかナ？」

ジュースがすっかりなくなったグラスをテーブルの隅っこに寄せ、キムは私の顔を覗き込む。その顔には不安とか不審の表情が浮かんでいた。

「ええと、道中は留学生たちと同じ行動を取ること。留学生たちに付いている護衛が一緒に私たちのことも護衛してくれるから」

「それから？」

「勝手な行動は取らない、ひとりにならない、あやしいものを食べない、知らない人についていかない。……ねえ、さすがに子どもじゃないんだからそんなことしないってば」

まるで幼い子どもにいい聞かせるようなことまでわざわざ書面に書かれていたから驚いたし、不満に感じた。

「だって、お嬢さんには前科があるしネ」

「だからって！」

私は勝手にフェスタ王国を飛び出したという前科があるので、その行動力でまたどこかに飛び出しかねない、と疑われているらしい。それは、私が勝手に他の国に行ったらダメな立場だって知らなかったからで、今はちゃんと理解してるっていっても信用されていない。

キムは首を左右に振って、もふもふした尻尾で私の額を軽く弾いた。

「フェスタ王国は治安が良い国だから多少好き勝手に動き回っても平気だけどサ、船に乗った先は外国だヨ。アラミイヤ国は治安が良い悪いが地域によってはっきり分かれている国で、ファンリン皇国はまだ内情が完璧には把握できてない。……用心に用心を重ねるくらいじゃなきゃダメなんだヨ」

「でも……」

「嫌なら今からでもファンリン皇国行きを取りやめて、レリエルに戻っ……」

「いうこと聞くから！　王太子殿下と大公閣下との約束も、ちゃんと守るから！」

本来ならここまで来てファンリン皇国行きを取りやめにするなんてできないだろうけれど、キムの場合はやってのけそうで怖い。

「絶対だヨ？　まあ、今回はオオカミくんがぴったりくっついてるから無茶はできない、とは思うけど……慎重に行動するようにネ」

「分かった、ちゃんということ聞くから」

「じゃあ早速、聞いてもらおうかナ」

「なに？」

「アレの相手をしてヨ」

「アレ？」

キムの指が〝あっちあっち〟とカフェの正面にある大通りを指した。大通りにはたくさんの人が歩いている。ここに到着した人も、ここから旅立つ人もこの街に暮らしている人も。

けれど、キムが〝アレ〟と呼んだ人たちはひどく目立っていた。

「あ、いたいた！　レイちゃ〜ん！」

「アンナ、走ってはダメだっ、危ないだろう!?」

「レイちゃ〜ん！　レイちゃ〜ん！」

「アンナ!?」

淡い水色の可愛らしいワンピースの裾を揺らして、長かった髪を肩までのボブにした杏奈が走ってくる。その後ろを体の大きなクマ獣人が慌てて追いかけていた。

「……杏奈？　なんでここにいるの、なんで髪短くしてるの？」

「髪のことは知らないけどネ、この港街はファルコナー領内だし、彼女が暮らしている街はここから馬車で一時間ってところだヨ。出発前に従妹(いとこ)に顔見せておいた方がいいんじゃないかって、オオカミくんがネ」

リアムさんが？　乗船手続きをしているリアムさんの姿を捜そうと、たくさんの人が列を作っている方に視線を向けるも「レイちゃんっ！」という声と共に杏奈が勢いよく抱きついてきて、目の前は水色でいっぱいになった。

「レイちゃん、近くに来たんだったら無視しないで寄ってよ！　あんまり会えないんだから、そういうチャンスは逃したくないんだけど!?」

「いや、ごめん。あのさ、杏奈……その髪、どうしたの？」

「え？　髪？　ああ、うん、いろいろあってね、切りたくなったから切っただけ。女の子は長くしなくちゃダメとか、なにそのルール。バカみたい」

私の隣に座り、キムと同じジュースを注文した杏奈は子どものように頰をぷくっと膨らませた。

番の伯爵さんは「ウィルはここに座って大人しくしててっ！」と杏奈にいわれ、後ろのテーブル席で大人しく座っている。大きな体を小さくしている様子に、こんな雰囲気の人だったかな？　と思った。お披露目会やその後の行動から、もっと豪気で思うがまま行動しちゃうタイプだと思ってたのだけれど……随分と印象が違っている。

「無視したわけじゃないんだけどね？　でも、杏奈のいる街には行かない、杏奈にも会わないって自分から宣言しちゃってるからさ、寄れないよ」

意地っ張り期間の中でも、最高潮に意地を張っていたときに杏奈には二度と関わらないし、会うつもりもないと伯爵さんの弟にいい切ってしまった。それなのにただ顔を見たいからって理由で破るわけにはいかないし、本音をいうのなら私を排斥して杏奈と番さんをくっつけたいって思っている人たちが大勢いる街に行くのは、やっぱり怖い。

「ネッドにあれこれいわれて、そういい返しちゃったんだよね、聞いた。私がレイちゃんの立場だったとしても、同じこというし。もう、すごいムカつく。思い出すとまたムカムカしてくる！」

杏奈は運ばれてきたジュースを勢いよく飲んだ。一気にそれを飲み干してから大きく息を吐いて、ジュースのグラスをテーブルに置く。

「……ごめんね、レイちゃん。なんか本当、最低で最悪だって思う。獣人とか人間とかそういう種族とか関係なくて、人としてダメなことをレイちゃんにいっぱいした。ウィルもネッドも、王宮にいた侍女とかメイドとかの人たちも」

杏奈は私の両手を包み込むように握った。

「みんな今、すごい反省中。レイちゃんは許さなくっていいよ、でも、反省してる。もちろん、あたしに会わないとか街に入らないとか、そんなの無効だし！　だから、近くに来たんなら顔見せてよ、無視して行っちゃうとかダメだから」

「………それで、いいのですか？」

私は杏奈のことを家族だと思ってるから、杏奈に手紙を出すこともこうやって顔を合わせてお茶するのも問題ない。でも、それを嫌だと思う人たちがいることを私は知っている。

後ろのテーブルで体を小さくしていた伯爵さんは、私から声をかけられるなんて思っていなかったようで、ひどく驚いた顔をしてから大きく頷いた。

「その、いろいろと申し訳なかった。自分自身のことも、弟がしたことも、我が領地出身の者たちが王宮でしたことも全て。あなたは我が最愛の番であるアンナと血縁関係のある家族だ、だから自分にとってもあなたは親戚になる。姉妹のように育ったふたりの交流を邪魔したりはしない。ぜひ、我が屋敷にも顔を出してほしい」

そういって頭を下げた。

まさか、私の存在を目の敵にしていた伯爵さんに親戚だといわれて、謝罪されて、頭を下げられるとは思ってもみなかった。

「もう大丈夫だからね。レイちゃん！　レイちゃんとあたしは家族だもん。だから、旅行から帰ってきたら絶対うちに寄ってよ。向こうから手紙もちょうだい、お土産もいっぱい買ってきてね！」

華やかな笑顔を浮かべ、杏奈らしいお願いとおねだりを聞くと、ここが異世界だってことを忘れそうだ。学校の帰りに寄ったカフェでお茶をしながら、旅行先からハガキをくれとかお土産を買ってきてくれ、とかいわれているみたい。

「……うん、分かった」

「……土産はともかく、あちらからアンナに手紙を送ってやってほしい。帰国したときは、我が領都にも寄っていただきたい。アンナがどのような街で、どのような者たちとどのように暮らしているのか、あなたにはその目で見てもらいたいのだ。そして、安心してほしいと思っている。だから、あなたの旅路の無事と帰国後の訪問を心待ちにしている」

伯爵さんの言葉はいまだ完全には信じられない。領都にあるお屋敷を訪問してなんらかの嫌がらせにあうって可能性も否定できない、けれど首を縦に振っておく。杏奈がどんな生活をしているのか興味があるし、今はまだ信じられないけれど、伯爵さんのその言葉を信じることができたらいいとは思っているから。

そこへ手続きを終えたリアムさんが戻ってきて、その場の空気に緊張が走った。その冷ややかな空気に私はハッとする。これは、とても良くない対面なのでは？

お披露目会で起きた事件は、杏奈が私に（髪の短かった私を男の子だと伯爵さんたちは思ったらしい）じゃれついていたのを見た伯爵さんが嫉妬でカッとしたことが原因で起きた。実際に私は女で従姉（いとこ）という近しい関係であったことから、私に過失はないと証明された。要するに無実であったわけで……リアムさんからしたら、無実の番を傷つけられたということになる。

番に関することにはカッとなって衝動的な行動をしてしまうのが獣人。つまり、今、伯爵さんとリアムさんが顔を合わせるのはよろしくない状況なのでは？

私はリアムさんの方を振り返るのが怖くて、キムに助けを求めて視線を向けたけれど当のキムはジュースのお代わりと、テイクアウトのクッキー詰め合わせを注文するのに忙しくしていて、こっちの様子は気にかける様子もない。

思わずキムのふわふわした尻尾を思い切り掴んでやろうかと手を伸ばすけれど、その手はリアムさんに取られて阻止された。私がキムを頼ろうとしたことで、リアムさんの気配がよりピリついたものになった気がする。

「あ、レイちゃんの番さん、お久しぶり～。お見送りのこと教えてくれてありがとう、お陰でレイちゃんの顔を久しぶりに見られたよ」

けれど、杏奈がそれを吹き飛ばす。ピリピリした空気が抜けていくのが分かる。

「お久しぶりです。……レイナと話ができたのなら、よかったです」

「うん、本当にありがとう。あ、旅行から戻ってきたらレイちゃんと一緒にあたしが住んでる街に寄ってね！」

リアムさんは怪訝そうな顔をして、私の手を強く握った。

「なによー、その顔は！　旅行から戻ってくるときもこの港に到着するんでしょ？　だったら、帰る前にあたしのところに寄ってねっていってるだけじゃない」

「そのとき、レイナがあなたのところへ寄っていきたいといったら、寄ります」

私は手を握り返しながら彼を見上げる。すると「それでいいよね？」ととろけるような笑顔でリアムさんにいわれて……私は無意識に頷いていた。

「ちょっとー、レイちゃんちょろい！　イケメンスマイルでそんな簡単に丸め込まれないでよ。レイちゃん、約束だからね？　帰ってきたら絶対に寄ってよ!?　……あれ、レイちゃんこれなに？綺麗な模様だけど、入れ墨？」

杏奈は私の左手薬指にある模様を見て、突いてきた。

女神の大樹の間近に行ったときに出来た大樹の花の神紋は、擦っても洗っても消えない。きっと、これは生涯消えることはないものだと思う。

「これはね、女神様から貰った印なの」

リアムさんの左手薬指にも、全く同じ模様がある。それを目敏く見つけた杏奈は、ニヤニヤ笑いを浮かべた。体を寄せて、声を落とす。それは、子どものときからふたりで内緒話をするときにする体勢だ。

「いいね、なんだか結婚指輪みたい。これ、どうやって女神様から貰ったの？」

「これは、王都に女神の大樹があるでしょ？　大樹を近くで見たくて、奥まで行かせてもらったの。昔、番が分からないお姫様が、相手の男性が番なのかを女神様に教えてもらったんだって。それと同じことをしてもらったの」

「それ、あたしも受けられるのかな？　受けられるのなら、受けたい」

「杏奈？」

杏奈は私の左手を取ると、薬指の第二関節にある神紋にそっと触れた。

「あたしはね、幸せに向かっての一歩を踏み出したところだよ。いろいろあって、最近ようやくウィルとも歩み寄りを始めたところなの」

「そうなんだ」

「うん、いろいろあったことはレイちゃんが帰ってきたら話すよ。あたしなりに頑張り始めたところだけど、あたしはウィルが運命だって分からないじゃん？　ウィルが私を運命だっていうその言葉が全てでさ」

自分では相手が運命なのかは分からない、でも相手は〝キミが運命の人なんだ！〟といってくる。杏奈も私もそれを信じるしかない。でも、その言葉を信じても大丈夫なのか……女神様の魔法にかかっている状態なら相手の愛の言葉と態度を信じられる。けれど、杏奈と私は魔法が解けてしまい、相手を信じきれないし、不安になる気持ちを抑えられない。

「あ、アンナ！　キミは確かに俺の番だ、それは間違いない。信じてくれ！　まだ信じられないというのなら、信じてもらえるまでしつこいといわれても何度でも伝えるぞ！」

杏奈の番であるクマ獣人、ウィリス・ファルコナー伯爵は慌てた様子で声をあげた。必死に伝える態度を見ていれば、彼が杏奈を大事に想っていることが伝わってくる。

そこはちゃんと伝わっているようで、杏奈は伯爵さんに向かって頷いて微笑んだ。

「大事にしてもらってるのはあたしも分かってる。でも、目に見える形で繋がってるっていうのは分かりやすく安心できるから」

「確かに、ね」

女神の大樹の元へ行ったときに一緒にいてくれた大神官長様がいっていた、目に見えない大切なものはもちろんあるけれど、目に見えるものは分かりやすくて安心できると。

「あ、ううん、まあ、女神の大樹がある王都にはしばらく入れないんだよね。だからあたしたちが目に見える印を貰うのは、無理かな」

「そんなこと……」

「ううん、いい。目に見えない大事な縁で結ばれてるって、お互いが信じていたらそれでいいことだし。……ここに来た人たちが全員貰えてる印ならあたしも欲しいけど、それはレイちゃんだから貰えた特別なものだろうから」

確か、ファルコナー家の人たちは一年間王都への立ち入りが禁止されたと聞いた。それでなくても女神の大樹の近くにまで行くのは特別なことで、杏奈が私と同じように目に見える印を貰うことは難しい。

それでも私は思うのだ、同じように女神様から目に見える形を貰うことができるのなら……番が本能では分からない異世界から来た人たちだって安心するのだから、この世界に連れてこられた人全員が神紋を貰えたらいいのに。

「レイちゃん、今までたくさん心配かけてごめんね？　でももう大丈夫。あたしなりに考えて、ウィルと一緒に頑張ってみることに決めたの。だからあたしのことは心配いらないよ。レイちゃんは安心して、レイちゃんのやりたいことをやってね」

そういう杏奈の笑顔は、この世界に来てあの事件があってから初めて見た心からの笑顔だ。

伯爵さんのことを愛称で呼んでいたし、彼の前で杏奈らしく自由気ままに振る舞っているということは、伯爵さんを信頼しているということでもあるのだろう。同時に自由にしている杏奈のことを伯爵さんが全て受け入れているということ。

ふたりの間になにがあってどんな話が交わされたのかは知らないけど、杏奈は自分がいうように、きっともう大丈夫なんだと思う。この先に待っている旅が終わってまた杏奈と再会したとき、ふたりの間にあったことを聞くのが楽しみだ。

「レイちゃん。レイちゃんは今、幸せ？　自分が、レイちゃん自身が幸せになる努力をしてる？」

杏奈の言葉に私は息を呑んだ。

そうなのだ。私が杏奈の幸せを願うように、杏奈は私の幸せを願ってくれる。ただ生活するためじゃなくて、私が笑顔で充実した生き方ができる幸せを。

「……ありがと、杏奈。私も幸せな、生きてよかったって思える人生を送りたいから。私もリアムさんと一緒に頑張るよ」

「うん！」

私たちはお互いの手を取り、ぎゅっと握って笑い合った。

その後すぐに私たちはお互いの番によってすぐに引き離されてしまった。

引き離したときの杏奈は不貞腐れたような表情で「同性の従姉に嫉妬とかやめて」といい、私たちは顔を見合わせてまた笑った。

「アンナ、なにを笑って！」

「……そんなに笑うことないだろう、レイナ？」

私たちはまた手を握り合って笑った。

何の心配も不安もなく、心から一緒に笑っていることが嬉しくて……私たちはしばらく笑い続けていた。

定期船は、途中に小さな島を経由しながら二週間ほどの日数をかけてアラミイヤ国の東側にある港街を目指す。その後、港街から船を乗り換えてファンリン皇国に向かい、皇国の港へ入ってからは陸路を進んで皇都へ向かう。最終目的地は皇都ファンだ。

二週間の船旅は、砂海を進む。文字通り、砂の海だ。砂漠とは違って、本当に砂の海。

砂が水と同じように波打っていて、砂の中には魚や貝といった砂海で生きる生物が棲んでいる。

相変わらずこの世界は不思議だらけだ。

船尾のデッキから、後ろへ後ろへと流れていく砂の海を眺めれば、オレンジ色の強い夕日と黄色みの強い砂がキラキラ光る。遠くに女神の大樹が光っているのが見えるけれど、それが徐々に小さくなっていく。

「……リアムさん、ありがとうございます」

「ん？」

並んで景色を眺めていたリアムさんを見上げると、目が合う。青色の瞳は疑問を浮かべていた。

「杏奈に連絡してくれて。出発前にあの子に会えてよかったです、安心しました」

「そうか、ならよかった。余計なことをしたかな、とも思っていたから」

「余計なことだなんて、そんなことないです。杏奈の顔が見られて安心しました。それから……私がわがままいったから、ごめんなさい」

この世界を、他の国を見て回りたいという私の希望は叶えられた。といっても、私個人で行くことは許されなくて、行くことができる国もフェスタ王国と直接の国交があり、友好的な関係にある国だけだ。

今回は、ファンリン皇国へ向かう国費留学生たちの一団に入れてもらって移動すること。今現在皇国で勉強している人たちが帰国するときには、またその一団に入れてもらって帰国するという行程での出国が認められた。あちらでの滞在期間は半年程度、と限られている。

期間が短くてちょっと不満だったのだけれど、大公閣下に笑顔で「何か問題が？」と聞かれ、イーデン執事長にもニッコリと微笑まれて、気がついたら「問題ありません」といっていた。

あのふたり、笑顔が怖い。

私としては、念願だったアジア圏に生活様式や文化が近い国に行くことが認められたわけだけれど、リアムさんは、大きな決断をした。そうさせてしまったのは、私。

実家である伯爵家から出て貴族から平民という立場になり、王宮での仕事も辞めてしまったのだ。

「気にしなくていいんだ。もともと俺は貴族籍から抜けて平民になる予定だったたし、王宮文官の立場も王子殿下の侍従という仕事もこだわっていたものではなかった。だから、丁度良かったんだ。も、もしかして、レイナは貴族になりたかった？」

少し慌てた様子でリアムさんは私の肩を抱いて、顔を覗き込んできた。私の答えは当然ノー。

身分制のない社会に生まれ育った私に、今から貴族としての生活ができるなんて思えない。豪華なドレスやアクセサリーにも、メイドにずっと世話を焼いてもらう生活にも興味はない。

そもそも、私が惹かれて恋をしたリアムさんは商業ギルドの守衛さんだったリアムさんだ。

「貴族は勘弁してもらいたいです」

「よかった」

抱き寄せられて、彼の腕の中に収まる。

最初は抱きしめられると心臓が爆発しそうなくらいドキドキしたし、顔は真っ赤になるしで慌てちゃっていた。今もドキドキはするけれど、リアムさんの腕の中にいると安心できる。大きくて、温かくて、良い匂いがする。

「でも王宮文官まで辞めなくても……」

王宮に勤める文官さんたちは貴族に限らない、貴族籍を抜けてもそのままの部署で勤めることが可能だと聞いた。

それなのに、リアムさんは貴族籍を抜けて改名する（生まれた家の姓は名乗れないので、籍を抜ける貴族の次男三男は二つある名前の一つと、新しい姓で改名するのが一般的らしい）のと同時に王子殿下の護衛兼侍従を辞めてしまった。その後、アディンゼル大公の麾下に入った。

「レイナは旅から戻っても、王都に暮らすつもりはないだろう？　王宮文官でいたら、レイナと一緒にいられないから」

「ええっ⁉」

私が王都に暮らさないからって、そんな理由で……。

「俺は、レイナと一緒にいたい。キミと一緒なら、どこで暮らしたって構わないし、身分だってどうでもいい。キミが行きたいところがあるのなら、俺が連れていく。だから……」

私から僅(わず)かに体を離し、リアムさんは私の左手を取ると器用にどこかに隠し持っていたらしい指輪を嵌めた。

左手薬指に嵌まったそれは、女神様がくれた模様の中心にある花の上に濃い青色の宝石でできた花を咲かせている。

「え……」

指輪という装飾品はこの世界で一般的ではない。

性別に関係なく剣や槍などの武器を振るう人の多いこの世界では、指輪は戦うときに邪魔になってしまう。だから、装飾品としては髪飾り、イヤリングやネックレス、ブレスレットが一般的だし、武器を扱うときに邪魔にならない装飾品が好まれる。

「もっと早く贈るつもりだったんだけれど、ようやく贈れる」

青色の小さな花がデザインされた指輪は、夕日を受けてより深い色になってキラキラ輝く。

「レイナの世界では、左手の薬指に嵌める指輪は特別な意味があるんだろう？　女神が下した神託の印がどうしてこの場所なのか、不思議に思っていたんだけど……大事な意味があると知った」

「それをリアムさんに教えたのって杏奈ですか？」

そう尋ねれば、リアムさんは苦いものを口に入れたかのように眉を顰めて、私の手を強く握った。

「……ネコ野郎が、指輪を贈るのがあちらの世界では恋人として一般的だ、と」

「ああ、キムが」

キムの番さんのお墓には指輪が収められていた、きっとあれはキムが番さんに贈ったものなんだろう。指輪の習慣について知っていたのも頷ける。

「レイナ」

リアムさんが私の前に跪き左手にキスをする。手の甲に、薬指に嵌まった指輪に、指先に。

「キミと命尽きるまで共にいることを誓う。俺がキミのそばにいることを許してほしい、女神が決めた運命だの縁だのではなく、キミ自身が俺の、リアム・ガルシアのそばにいることを望んでほしい」

「リアムさん……」

「もし、望んでくれるのなら……キミの手で番避けの魔導具を外してくれるか？」

「番避け、まだ身に着けていたんですか？」

「そうだよ、ほら」

リアムさんの左耳に触れれば、ふわりとした毛並みと温かな体温を手に感じた。その毛に覆われて隠れるように、小さな黒い石のピアスがある。

「……番避けの魔導具は、女神の縁とは関係なくキミを愛おしいと思い、そばにいたいと望む俺自身の気持ちの証明として着けた。これを外せば、俺は番の本能でキミを愛おしいと思うだろう。けれど、それは俺自身の気持ちを後押しするだけのものだ。レイナ、どうか今の俺を望んで」

私の人生の一部には、リアム・ガルシアという人がいる。恋をして、少しずつふたりで関係を作ってきた相手としてのリアムさんだ。この人のそばにいたいと思い、一緒にいると決めたのは私、女神様じゃない。

ふわふわした黒と灰色の毛に覆われた小さな魔導具を外す。

「私と一緒にいてくれますか、私はあなたと一緒にいたいです……リアム・ガルシア様」

私が生まれ育った世界から別の世界に呼んでまで、運命の人と生きる人生を女神様は用意してく

れた。こちらの世界で番と共に幸せにこの世界で生きてほしい、という気持ちはありがたいのだけれど……それを押しつけられるのは、ちょっと違うと私は思う。

「もちろんだ。これからずっと、共にいよう」

「はい」

私は今、フェスタ王国から砂海を越えて外国へ向かっている。異世界から来た番は呼ばれた国から基本的に出ないというのだから、私は規定から外れてしまっている。

思い返せば、最初から私はこの世界の基本からどこか外れていたように思う。だったら、それでいい。

私は自分で自分の歩む道を決めて、そんな私がいいといってくれる人と一緒に歩いていく。

女神様、あなたが決めてくださったこと、それと私は〝ご縁がなかった〟ということで。

第九章　再び縁を繋いで

アラミイヤ国行きの定期船は大小合わせて三つの船からなっている。アラミイヤ国のある大陸まで行く船、航路途中にある小さな島でまで行く船、主に物品を積み込んでいる船と分けられているとのことだ。

フェスタ王国からの留学生と私たちが乗るのは中でも一番大きな船、アラミイヤ国のある大陸まで行く旗艦と呼ばれている船。

大きいといっても、世界一周旅行をするような大型客船じゃない。私は外国にまで大勢の人と大量の荷物を運ぶのだから、何千人も乗ることができる大型客船の姿を想像していたのだけれど、実際は違った。

最大で二百五十人程度乗ることができる小型客船、が一番イメージに近い。

フェスタ王国の国費留学生五十人が乗り込み、二百人近い一般乗船客がいる船内は小型といっても大きく感じられた。島で降りる人たちの乗る船はさらに小型で百人程度、荷物を運ぶ船はそのほとんどが貨物室になっていて、船員たちの居室しかないそうだ。

「定期船、といってもその形はさまざまある。五百名ほどが乗り込める船に貨物も人も全て積み込んで一隻で移動するものもあれば、十近い小型の船で船団を作って移動するものもあるよ」

「途中にある島まで乗る人たちの船は、そこから引き返すの？」

航路予定表とそれにつけられていた地図……じゃない、海図を見ながらリアムさんに尋ねると、彼は大きく頷いた。

「航路途中にある島から先がアラミイヤ国になるんだ。フェスタ王国とアラミイヤ国は友好国で、交易も盛んではあるけれど不必要な入国は控えるようにしているからね」

「なるほど」

きっと島に人と物資を運び、折り返し島から人と物資を運ぶんだろう。案外島の人たちからしたら、定期船は気軽な足なのかもしれない。

「そうだ、レイナ。この旗艦にはカフェスペースがあって、菓子が充実しているって話題らしい」

「えっ、本当に！　それは、行きたい……かも」

まだ船は出発したばかりで、途中の島に到着するまでに三日、アラミイヤ国の港にはさらに九日もある。その間三食の食事は出るものの、甘いものに関しては「ないだろうな」と思っていたので、正直に告白するとお菓子が充実しているカフェの存在は嬉しい。

「じゃあ、行ってみよう」

「はい」

リアムさんに手を引かれて、客室から長い廊下を進み急な階段を上って一階フロアに出た。食堂室の隣に作られたカフェスペースは、廊下側からお菓子や飲み物をテイクアウトすることができて、食堂のテーブルでイートインすることもできる造りになっている。

テイクアウトコーナーの前では、数人の女性客が「こちらを三つ、こちらは一つ……いいえ、二つね！」と楽しげにケーキや焼き菓子を注文している。全員が笑顔で、甘いものを食べられるという期待に満ち満ちていた。

透明なガラスケースの中にはクッキー、パウンドケーキやフィナンシェのような焼き菓子と、クリームとクレープを何層にも重ねたミルクレープ、複数の果物を使った彩り豊かなフルーツパイ、艶やかに輝くチョコレートケーキなどが並べられているのが確認できる。

「どうする？　あそこで買って、甲板に出て食べようか？　中の席で落ち着いて食べることもできるけれど」

「うーん、そうですね。じゃあケーキとお茶を買って、甲板で……」

食べましょう、の言葉は食堂の中から聞こえた何かが倒れるような大きな音と「貴様のような存在がっ！」という叫び声に驚いていうことができなかった。

リアムさんに庇われながら食堂出入り口の扉から中を覗き込むと、食器の返却口と自由に飲むことができるお茶やお水の置かれたテーブルの近くに騒ぎの中心人物たちがいるのが見えた。船内の食堂で働いているのだろう白い厨房服に黒いエプロン姿の男女を、神官服に身を包んだ六人が取り囲んでいる。

「アレット・ブラシェ！　どうして貴様がここで働いているのだ、貴様は異世界からの番だろうに！」

「……それは、そう、でしたけれど。あの人は、その……」

食堂で働いているふたりに神官たちが難癖をつけているようだ。責められている女性と神官たちの中心人物は顔見知りのようだけれど、どう見ても良好な関係には見えない。

厨房服の女性は体を小さくしながら、ビクビクと答えた。会話の内容から彼女は私と同じ異世界からやってきた人のようで、ここで働いているということは事情があるのだろう。

「ああ、そういうことか。こちらに呼ばれてきたものの、番である獣人に先立たれたのだったな」

「女神様のご意思に反したから、番を取り上げられたのだよ」

意地悪そうに笑う神官たち。反射的に彼女に近づこうと一歩足を前に出すも、リアムさんが肩をがっしりと掴んでいて全く動けない。放してほしくて見上げるも、首を左右に振り「だめ」と断言されてしまった。

「確かに女神様は運命の相手を異世界から呼び寄せてくれる、だがそこまでだろう。そこから先のことは、異世界からの番とこちらの世界の者に委ねられている。彼女は今、自分の考えでもってこの職場で働いているだけだ」

同じ厨房服の男性が彼女を庇いつつ反論するも、神官たちは鼻で笑う。

「この女は女神様のご意思に沿わぬことをしたのだろうよ。だから、今、一人なのだ」

「ここにいるということは、子どももなく一族から放逐されたのだろう？」

「まあ、当然だな。番である獣人は死に子もいない、そんな女を養うような一族はどんな種族にもいないだろう」

「女神様も酷なことをなさるな？　ご意思に沿わぬからと、子もないうちにこの女から番を奪うなんて。せめて、一緒に死なせてやればよかったものを」

「一緒に死ねば番獣人も嬉しかっただろうにな？　いっそ、今からでも殉死したらどうだ」

「そうだな、こんなところで無意味に働いているよりよほどいい」

薄ら笑いを浮かべながら、神官たちは好き放題言葉を投げつける。その言葉はとても重たく鋭くて、私は自分のことのように悲しくなった。だって、私は知っている。異世界からやってきた番と番を待ちわびる獣人、彼らが共にいられないということがどんなに辛く悲しく、苦しいことなのかを。残された者がどんな扱いを受けているのかを。

「ちょっと……！」

声を出すとすぐにリアムさんの手が私の口を塞ぐ。むぅむぅという声にしかならないけれど、私はひと言もの申さずにはいられなかった。

「うるさいぞ、関係のない者は黙っていろ！」

「…………うるさいっていうのなら、あんたたちの方がよっぽどうるさいと思うけどネ」

私たちを庇うかのように前に出て食堂に入ったのはキムだった。その長い尻尾が不機嫌そうに揺れる。

「なんだ、貴様は？　この番獣人を亡くした、哀れで罪深い異世界からの女を庇おうっていうのか」

キムはわざとらしく息を吐き、肩を竦めた。

「番獣人に先立たれることは、とても不孝なことだ……それは誰もが思うネ。昔は〝宝珠の館〟なんて施設もあったけどサ、それを廃止したのは王太子殿下とアディンゼル大公閣下だ。番獣人がいなくとも、獣人一族の保護を受けられなくとも、生きていけるようにってネ。それ、理解してるかナ？」

「ああ、分かっているとも」

「〝宝珠の館〟の良し悪しは分からんが、異世界からの者を保護するなんて王太子殿下はお優しいことだと思ったね、俺は」

神官たちは頷きつつも、そう言葉を並べた。

「彼女はそうやって保護された者の一人だヨ。番を亡くしたあと、国の保護のもと自立を目指して努力して、今こうしているわけだネ、王太子殿下と大公閣下の望んだとおりにサ。さっきの話を聞くに、おまえたちは殿下や閣下の方針を、ひいては国の方針を無視して殉死しろとか、そういうわけだネ？　今、神殿ではそういう考えが主流なのかナ？」

「うっ……」

「そういう、つもりは……」

神官たちは顔を青くし、口籠もった。

「それに、残された者をあれこれ好き勝手いって嬲るなんて……そもそも女神に仕える神官としてどうなんだろうネ？　皆はどう思うだろうネ？」

食堂にいた人たち、二ヶ所ある出入り口から覗いている私たちのような人たち、お菓子や飲み物のテイクアウトコーナーから見ている人たち。目線を巡らせれば、私が思っていた以上の人たちがこの様子を見守っていた、神官たちへの厳しい視線を持って。

「チッ……！　行くぞっ」

神官たちのリーダーであろうトラ獣人が大股で移動し、リアムさんと私を睨むようにして食堂から出ていき、その後ろに神官たちが続く。騒ぎを起こしたせいか、神官たちは他の人たちから遠巻きにされている。

「……なに、あれ？」

「女神に仕える神官たちだな。彼らも留学生としてこの船に乗ってるんだろうけど、この先まだ長いっていうのに居心地が悪くなりそうだ」

以前会ったアンドルー・ブレナン大神官長の優しげな雰囲気や、凛々しかった大神官長の護衛騎士のイメージとは全く違っている。神官とは皆穏やかで優しく、女神様に対して真摯に仕えていると思っていたので驚いた。

「ここで働いていたんだネ。元気そうでよかったヨ」

「……オ、オルグレン様」

キムの声が聞こえて食堂内に視線を戻せば、先ほど神官たちに絡まれていた女性に声をかけていた。

一方の声をかけられた女性の方は、神官たちに絡まれていたときよりも一層顔色を失い、体を震わせていたけれど。


船の甲板は広々としていて、船体のヘリに水が入っているだろう樽が並び、太いロープが柱に巻き付けられている。大ヒットした海賊映画で見た船の甲板そのままだ。違うのは甲板に椅子とテーブルが置かれていて、乗客が自由に使うことができるようになっているところ。そのテーブルの一つを陣取って、リアムさんと私はファンリン皇国についての資料を眺めていたのだけれど、そこへ先ほど神官たちに絡まれていたふたりがやってきた。

「先ほどはご心配をおかけしました。こちら、よろしかったらどうぞ」

テーブルに温かなお茶と、切り分けられたミルクレープがのる。お皿の上のミルクレープには、バニラアイスクリームと飾り切りされた果物でデコレーションが施されていた。

「え、でも、私なにも……」

「いいえ、あの神官に絡まれたときに声をあげてくれましたよね。あのとき、私はとても嬉しかったのです。ありがとうございます」

アレットさんは異世界からやってきた人で、フランス出身。番であった旦那様と死に別れてしまい、今はアラミイヤ国行き定期船で厨房スタッフをしているのだという。向こうでは古典文学を勉強していた大学生で、図書館で本を選んでいるときに突然足元に穴が開いて転落。気がついたら、フェスタ王国の王宮の大広間。その後は勉強会にお披露目会、番の獣人さんが迎えに来てくれてという通常の展開だったとのことだ。

「アレットを庇ってくれようとしてくれてありがとう、俺からも礼を言うよ。けどお嬢さん、神官たちの中には過激な思想を持った連中もいるからさ、気を付けた方がいい。お嬢さんにはちゃんと番がいるから、滅多なことはないと思うけどな」

そう続けたのはカラカルという種類の獣人、デリックさん。赤茶色の綺麗(きれい)な毛並みで、三角形の耳の先っぽに黒い房があって可愛(かわい)らしい。アレットさんとは同僚で、厨房スタッフとしてパンやオードブルなどの軽食を担当しているらしい。

「そうなんですね。女神に仕える神官といっても、いろいろな考え方の人がいるなんて思ってもみませんでした」

「神官たちの中には派閥がいくつも存在してるんだよ。今時過激な思想を持つ派閥は少なくなった、と聞いているけれどなくなったわけじゃない。ひと昔前には俺の父のように見つかるまで女神が定めた番相手を探すことが美徳とか、番を亡くした者は後を追うのが正しいことだとする、〝番絶対主義〟を掲げた大きな派閥があったらしい」

リアムさんがそう教えてくれる。同じ宗教でもいろいろな流派というか、派閥があるのは分かるけれど......過激な思想の派閥が現役なのはちょっと怖い。

女神様が決めた運命の相手を大事にしよう。最初はそういう相手を思いやる気持ちから始まって、徐々にエスカレートしていった感じだろうか。

「神官たちから庇っていただいたのに、オルグレン様にはお礼もいえなくて。アレットが感謝していた、とお伝えくださいませんか」

「えっ......お礼なら、キムに直接伝えたらいいと思うのですけど」

「それは、難しいです。オルグレン様は私の顔を見たくはないでしょうし、私も合わせる顔がありません」

リアムさんと私は顔を見合わせ、デリックさんも肩を竦めて「すみません、勝手なことをいって」と項垂れるアレットさんをただ見つめた。

「ああ、もう！　まず、おふたりとも座ってください」

近くにあるテーブルから椅子を二つ引っ張ってきて、四人席を作りアレットさんとデリックさんに座ってもらう。強引かと思ったけれど、まずは同じ席に着いてもらわなくては話もできない雰囲気だ。

「それと、ケーキは遠慮なく頂戴しますね！　とっても綺麗で美味しそう。こんな風にケーキをデコレーションしてサーブするって、こちらではほとんどないですもんね」

フォークを手に取り、アイスと一緒になるようにミルクレープを切り分けて口に運ぶ。濃厚なバニラアイスに、滑らかなクリームと香ばしいクレープ層がマッチしていて幸せが口の中に広がる。

「ふわあ、美味しい！」

「……よかった」

私の言葉にアレットさんはホッとした様子で、少しだけ顔を上げた。

こちらの世界にももちろんお菓子はたくさんあるけれど、生クリームや生の果物を使ったものは少ないし、デコレーションされることもほとんどない。切り分けてそのままとか、クリームやアイスが添えてあるくらいだ。

私にとっては綺麗にデコレーションされて味も美味しいケーキが一般的だけれど、こちらの世界の人から見たらそういうのは新しくて珍しくて、何倍もの価値があるんだろうと思う。

キムの最愛、クレアさんの持つ製菓技術を金策のあてにした彼の実家の行動は、当然だったのかもしれない。

「なぜ、直接感謝を伝えられないのですか？　事情がおありのようですが、伝えるのは感謝です。問題があるとは思えませんが」

「それは、その……」

ミルクレープとアイスをリアムさんと分け合って美味しくいただいた後、リアムさんはそうアレットさんに尋ねる。けれど彼女はモゴモゴと返事を濁していて、その様子からよっぽど言いにくい事情があるのだろうと思われた。

そして私は思い至ってしまった、こちらに召喚される前は大学生だったというアレットさんが作る洗練されたお菓子に、お皿に施された美しいデコレーション。この製菓技術はきっとこちらに来てから身につけたものに違いない。

番の獣人と死に別れていること、キムに顔向けできないという頑(かたく)な態度。それらは……キムの番であるクレアさんの事件に関係があるんじゃないかって。

けれどそれを口に出していいものかどうかが分からずに、私は口から出そうになった言葉を飲み込んだ。

「クレアのことを気にする必要はないって、いったよネ？　何度もいったよネ？」

俯(うつむ)きがちなアレットさんの頭を数枚まとめた紙束がバシッと叩き、キムの呆れたような声が降ってきた。

「キム！」

「申し訳ありません、オルグレン様……私、私……」

アレットさんはさらに俯き、ガタガタ震えながら体を小さくする。それをデリックさんは気遣いながら、キムと私たちを交互に見て助けを求めてくる。でも、キム本人に怒っている様子はなくて、呆れている感じだ。

「私、いつも庇って、守ってもらってばかりで……夫であった人も、クレアさんも私を庇って亡くなって。私なんかを庇って……私、私こんななのに……」

「アレット・ブラシェ。顔を上げろ」

「は、はい！」

あまり聞いたことのないキムの強い口調に、名前を呼ばれたアレットさんと一緒に私まで緊張で背筋が伸びた。すぐにリアムさんが手を握って「大丈夫だ」といってくれたので、私は緊張が解けたけれど、アレットさんはカチコチになっている。

「これを、おまえにやるヨ」

アレットさんの頭を叩いた紙束が差し出され、彼女はおずおずとそれを受け取った。

「……こ、これは」

「俺の可愛い人が作って、残していたレシピを写し取ったものサ。残りのレシピも追々やるヨ」

「どうして、こんな大切なものを、私なんかに……」

信じられない、という表情を浮かべたアレットさんはキムとレシピを交互に見る。

「確かにこのレシピは大事なものサ、俺の可愛い人が苦労して作ったものだからネ。でも、だからこそ……クレアが菓子の作り方を教えたキミに伝えておこうかと思ったんだヨ。キミが習ったことを仕事にしていたからネ」

「あ、私……甘いお菓子が好きなのです。私、クレアさんにはたくさんよくしてもらって、本格的なお菓子作りとか心得とかも教えてもらって感謝してるんです。夫を亡くして辛い時期に、話を聞いてくれて、お菓子作りを教えてもらったんです。あの時間が、私はとても好きでした」

アレットさんは震える手でレシピに目を落とした。

その紙にはシュークリーム、マカロン、カヌレ、マドレーヌなどの作り方が細かく記載されている。文字は丁寧で、所々イラストで説明してある部分もあって分かりやすそうだ。

「クレアも楽しんでいたヨ。キミには才能があるって、教えるのが楽しいっていってたからネ」

「クレアさんが、そんなことを？」

「うん、そうだヨ」

「そんな、じゃあやっぱり私のせいであんなことになってしまって……ごめんなさい。オルグレン様、本当にごめんなさい、クレアさんは私を庇ったせいで……」

やっぱりそうだった。アレットさんは〝レリエル館の惨劇〟で生き残った三人の異世界人の一人で、キムの番クレアさんからお菓子作りを教えてもらっていた人。そして彼女を庇って、クレアさんは大ケガをして亡くなったのだ。

「私のせいで……」

アレットさんが〝レリエル館の惨劇〟で体験したことは、私には想像もつかないほど恐ろしかったんだろうと思う。全く知らない獣人たちに攫（さら）われて、子どもを産めと強要されて、それを拒否したら暴力を振るわれそうになった。そんな自分を親切にしてくれた人が庇ってくれて……、結果亡くなったなんて、すごく辛い。

自分のせいでって気持ちにもなるし、亡くなったクレアさんにも、その番であるキムにも申し訳ないって気持ちにもなるだろう。

「申し訳ないと思うんだったら、前を向いて生きていくべきではないでしょうか。パティシエとして一人前になって自分のお店を出して頑張るべきだと、私は思います。今のように下を向いて、暗い顔をして生きている方が旦那様にもクレアさんにも失礼ではないですか？」

口をついて言葉が出ていた。

だって、きっと彼女の亡き旦那様もクレアさんも、今のアレットさんを見て喜ばない。私が彼らの立場だったら、嬉しくない。こんな青い顔をして、申し訳ないって気持ちで生きていてほしいわけじゃないだろうから。

「旦那様は、アレットさんに泣き暮らしてほしいわけじゃないと思います。クレアさんは食べた人を笑顔にするお菓子の作り方を教えてくれた、と思うんです。お菓子って暗い顔をして俯いて作るものじゃないと思うし、そんな状態で作ったら美味しさだって半減しちゃいそう……なんです、けど……」

皆の視線が自分に集中して、皆が驚いた顔をしているのが見えて……そこで余計なことをいったって気付いたけれど、一度口から出てしまった言葉はもう取り消せない。

特にアレットさんはすごく驚いたように、目をまん丸にしている。

「ご、ごめんなさい。私が口を挟むことじゃなかったけど、でも、そう思ったから……」

そう謝ると「あはは」と笑ったキムのもふもふした尻尾が私の鼻を擽り、いつものように「へっくしょん！」と大きなくしゃみが三回も出た。リアムさんの前なのに！

「そう、お嬢さんのいう通りだヨ！」

キムは大きな声でいうと、アレットさんの背中をバシッと叩いた。

「アレット・ブラシェ、おまえが今生きているのは亡き夫とクレアが守ったからだネ。そのことを誰かに申し訳なく思う必要なんてないんだヨ、おまえが夫や俺の可愛い人を殺したわけじゃないんだからサ」

「……オルグレン様」

「俺の可愛い人が守った命なんだからサ、幸せに生きてくれなくちゃダメだネ。年を取って死ぬまで幸せに生きてくれなくちゃ、クレアは喜ばないヨ。お嬢さんのいう通り、俯いて自分の人生を悲観しながら生きるために菓子作りを教えたわけじゃないんだからサ」

「……あ」

「だから、そのレシピで誰もが美味いって認める菓子を作って頑張って生きてヨ」

幸い、人生を支える相手として立候補してくれそうな相手もそばにいることだしネ、とキムはデリックさんを見ながらいって「あっあの、そんなんじゃ！」と慌てて真っ赤になってしまった彼を揶揄っている。

「いいなあ、クレアさんのレシピで作ったお菓子なんて美味しいに決まってるよね」

アレットさんの持つレシピを見ながら呟くと、キムは肩を竦めた。

「お嬢さんにも見せてあげるヨ」

「本当？　やった、嬉しい」

「でも、お嬢さんはもっとこう、菓子作りの基本っていうのかナ？　丁寧に作業するとか、正確に計量するとか、そういうところから始めた方がいいと思うヨ。お嬢さんの作った菓子の出来ってばもうさあ……」

　私の作ったお菓子の出来って、あれか、出発前にクレアさんに挨拶しに行ったときに持っていったカップケーキのことか！　あれ、そんなに出来は悪くなかったと思うんだけど……まあ、ちょっとしっとり感が足らないとか？　お酒で戻したはずのドライフルーツがちゃんと戻ってなかったとか？　小麦粉とか溶かしバターを零しちゃって、正確な分量だったかっていわれるとちょっと自信ないけども。

「むー」

「レイナ、あのケーキはとても美味しかったよ。ドライフルーツの風味と甘さがとてもいいケーキだった」

　リアムさんがすかさず美味しかったといってくれて、私の気持ちは持ち上がる。クレアさんへのお土産として作ったものだけれど、リアムさんと一緒に美味しく食べられたらいいなと思って作っていたから。

「まあ、オオカミくんはお嬢さん手作りのものならなんでも美味しいと思う口をしてるからネ」

　なにかキムの言葉が聞こえたような気がしたけれど、聞こえないふりをした。

「オルグレン様……レシピ、本当によいのですか？」

「うん、いいヨ。クレアもそうした方がいいって、いうと思うしネ」

「……クレアさん、レリエルにお店を出すのが夢だといっていました」

「そうだヨ。最初はラクーチラクーザへ出店して、将来はレリエルの街中に店を出すのが夢だって、その準備をしてたんだヨ」

「…………私、このレシピの美味しいお菓子を完璧に作れるようになって、いつかレリエルの街にお店を出したいです」

アレットさんはそういった。青い瞳に涙をいっぱい浮かべ、レシピの紙を胸に抱いている様子には力強さを感じる。先ほどまでは消えてしまいそうなほど怯(おび)えて、儚(はかな)い雰囲気だったのに。

「まだまだ自信はないです。いつになるかは分からないですけど、でもいつかは叶(かな)えたい。私がクレアさんに報いる方法を……恩返しの仕方を今、教えてもらったので」

「そうしてヨ、俺も懐かしい味の菓子が食べたいからネ」

「はい」

クレアさんの夢を引き継ぐと決めたアレットさんは顔を上げて笑って、そんな彼女にきっとクレアさんも安心できたんじゃないかと思った。

「えっと、レイナさん？　あなたがこの船に乗っている間で、さらに私には仕事があるので時間は限られてしまうのですけれど、よかったらお菓子作りをしませんか？」

「え、いいんですか？」

「はい。私もクレアさんのレシピでちゃんと作ってみたいので」

夕食の仕込みが始まるまでの時間が空いている、というのでアレットさんと私は早速、船尾甲板から食堂へと移動することにした。リアムさんもキムも「突然だなぁ」という顔をしていたけれど、反対することなく一緒に席を立つ。

キムは面倒くさそうな雰囲気を漂わせながらも、お菓子の味に期待していることが丸分かりだ。だって、例のもふもふした長い尻尾がご機嫌に揺れていたから。

「なにを作ってみましょうか？」

アレットさんから差し出されたクレアさんのレシピ。どのお菓子も美味しそうで、選ぶのに悩む。でも、私でも失敗なくできそうなものといったら、マドレーヌとかフィナンシェあたりだろうか？

「ううん……」

「レイナ、この〝しゅーくりーむ〟……が食べたい、んだが」

「え？　リアムさん、シュークリームが好きなの？」

甘いものは嫌いじゃない、人並みに食べるというのがリアムさんに対する印象だった。私のおやつや食後のデザートに嫌な顔もせずに付き合ってくれていたから。

「……その、クリームが、とても好きなんだ」

リアムさんは恥ずかしそうに耳を伏せ、顔を赤くしながら呟いた。

「え、なに、オオカミくんはあまーいクリームが好きなんだ？　意外だネェ、酒と肉をこよなく愛する方かと思ってたヨ」

「う、うるさい」

背後からキムに肩を組まれながら揶揄われて、リアムさんはますます顔を赤くしプイッと拗ねたようにそっぽを向いてしまった。そんな姿を見て「かわいい」と思ってしまった私は、しっかりリアムさんに恋をしてるんだなと自覚する。

「お菓子作りの素人にはなかなかハードルが高いんだけど、シュークリームにします！」

そう気合を入れると「白鳥の形にしましょうか」とアレットさんがいってくれた。

白鳥のシュークリームは、子どもの頃おばあちゃんの家の近くにあった洋菓子店で買って家族みんなで食べた思い出がある。

田舎町の小さな洋菓子店には流行の洗練されたケーキなんてなかった。でも、丁寧に作られた昔ながらの洋菓子が並んでいて、プードルの形や狸の形をしてるシュークリームもあった。

私は白鳥の形のシュークリームを、杏奈(あんな)は季節の果物がのったショートケーキをいつも祖父母にねだっていたことが懐かしい。

「いいね、いいね、俺もクリーム大好きだヨ。甘くて濃厚なやつがいいネ！」

「自分も好きなのか!!」

「俺、甘いものが嫌いなんてひと言もいってないヨ」

「まあまあ、落ち着いて」

船尾側の甲板から食堂に向かって階段を下りながら、私は心躍らせる。

ファンリン皇国の皇都ファンでの滞在はもちろんだけれど、そこへ到着するまでの間……ファンリン皇国に到着するまでの海路も、そこから皇都に向かう陸路でもさまざまな出会いと発見の縁があるのだろう。その予感に胸を膨らませていた。

番外編　覚悟の理由と白鳥のシュークリーム

やや厚めのノートには丁寧な文字がびっしりと綴られ、所々に可愛らしい絵が描かれている。それはフライパンの絵であったり、ボウルと泡立て器の絵であったりで、文字で細かく書かれた内容を補填するためのものだ。

そのノート見開き分の内容は、同じ大きさの白い用紙にインクを使って写し取られる。〝転写〟の魔法は生活魔法の中でも基礎に近いもので、難しくはない。けれど、多くのページをどこも滲むことなくある程度の速さで〝転写〟していくのは、基本的な魔力制御が上手いのだろう。

「よく、こんな大切なものを弟子とはいえ他人に渡そうと思ったな」

転写の終わったノートのページを捲り、新しい紙を手にしたネコ野郎……ヴィクター・キム・オルグレンは苦笑いを浮かべた。

「まあね、オオカミくんが不思議に思うのも分かるヨ。実際、俺の最愛がいなくなってそこそこ経つけどサ、最近までこのレシピノートを誰かに見せようとか託そうなんて、思ってもなかったからネ。だってほら、これは俺の最愛のものだからサ」

「だったら、どうして？」

アラミイヤ国行き定期船の食堂は食事時から外れているため人の姿が少なく、長方形のテーブルと椅子がずらりとただ並んでいる。だが、食堂内の雰囲気は悪くない。穏やかだ。

「…………オオカミくんもさ、元は王子付きだったんだから俺のことは調べたよネ？〝レリエル館の惨劇〟と呼ばれる事件の事細かな内容もサ？」

王太子殿下と大公閣下のおふたりが主導して進めた、〝宝珠の館〟の解体、番獣人と死に別れてしまった異世界から来た番を保護する法の施行と保護の実行。その理念から実際に動いた内容、その結果起きた悲惨としかいいようのない事件まで、俺はその全容を知っている。

現在は俺の先輩という立場になっている、大公家麾下の従者ヴィクター・キム・オルグレン。

彼が〝レリエル館の惨劇〟で異世界からやってきた己の番を亡くし、生家から貴族としても家族としても縁を切られ、現在は一代限りの貴族籍を持って大公の護衛兼手足として働いている男になにがあったのかを。

「最愛が残したものだからこそ、誰かに渡す理由が分からない」

食堂奥にある厨房では、レイナとアレットという名の異世界人と厨房担当の獣人の三人が菓子を作っている。もちろん、そのレシピは例のレシピノートに記載されていたものだ。

クリームがたっぷり詰まった〝しゅーくりーむ〟という名前の菓子。俺が頼んだ菓子は、菓子作り素人には難しいものだといいながらも作ってくれるレイナの気持ちが最高に嬉しい。真剣な顔をして大きなボウルを抱えて中身をかき混ぜている、そんな姿も愛おしい。

「俺もサ、俺の可愛い人が残したものは全て俺だけのものだって思ってたネ。このノートは防水防塵用の紙に包んで、綺麗で頑丈な箱に入れた。その箱だって、大公館にある俺の部屋の奥に仕舞い込んでたヨ。俺と最愛の間に残った数少ない絆のひとつだから、なくさないように、風化しないようにってサ」

俺は頷いた。このネコ野郎の取った行動は理解できるし、納得だったたから。

「でもサ、お嬢さんが……」

「レイナが？」

「お嬢さんがサ、泣いてくれたんだよネ」

「え？」

「俺の可愛い人の身に起きたことを怒って悲しんで、その死を惜しんで、残された俺の苦しさとか悲しさとかを想ってサ」

レシピノートの上に浮かんだ白紙の紙にインク壺の中のインクが飛んでチリチリと文字と絵が転写され、その向こうにレイナとアレット嬢の楽しそうな姿が見える。

「普通はサ、番を守ることができずに死なせてしまった俺には立場なんてないのが当然。俺のふがいなさを責めることはあっても、誰も慰めたり慮（おもんぱか）ったりなんてしないのが当たり前だよネ……でも、お嬢さんだけは違ったんだヨ」

レイナらしいことだ、と思った。素直で優しい彼女はまるで自分のことのように悲しみ、彼らに起きたことの理不尽さに怒ったことだろう。

「俺の可愛い人のことを本当に心から惜しんでくれてサ、そしたら……俺の中だけにあった想いだとか絆だとかっていう大事なことを誰かと共有しても、なくなるわけじゃない、減るわけじゃないって気付いたんだヨ。むしろ、菓子のレシピとかは受け継いでもらった方がいいんじゃないかって、そんな風にも思えたのサ。クレアが頑張って考えたものだからネ」

「だから、アレット嬢に？」

「そ、あの子はクレアが菓子作りを教えていた子でネ。ほとんど菓子作りなんて経験なかったらしいけど、筋はいいし何より菓子が好きだから良い菓子職人になれそうって話してたんだヨ。どうせ誰かにレシピを託すのなら、クレアから教えを受けたあの子が一番いいだろうって思ったのサ。それに……」

「それに？」

菓子の生地を絞り袋に入れて天板の上に絞り出しているレイナだが、思うような形に絞り出せないようで悪戦苦闘している。それをそっと直し、アドバイスをするアレット嬢。

「自分の生きづらさの言い訳に、クレアの死を使ってほしくなかったんだヨ」

転写の終わった紙が俺の手元に飛んでくるのを受け取り、滲みなどがないかを確認した後で転写が完了している束の上にのせる。

「……で、聞きたいんだけどサ？　番を亡くした俺のこと、番に先立たれて一人残されたアレット・ブラシェのことも踏まえて、オオカミくんはこれからどうしたいって考えてるのかナ？」

「どうしたいって……それは、レイナの希望を叶(かな)えてやりたいと思っている」

「お嬢さんの希望っていうと、〝世界をいろいろ見て回りたい〟ってやつだネ」

「ああ。今回はアラミイヤ国経由でファンリン皇国に行くが、今後他の国にも行きたいのなら連れていってやりたいと思っている」

ネコ野郎はうんうんと頷きながら〝転写〟魔法を続ける。残りのレシピがあと何ページあるのか分からないが、船がアラミイヤ国の港に到着するまでには全ての転写を終わらせるつもりでいるようだ。

「キミの運命のお相手は規格外だヨ。とても素直で優しくて、どんな状況にあっても良いところを見つけ出して前に進もうとするよネ」

「確かに……」

「それってお嬢さんの良いところなんだけどサ、言い方を変えれば、既定路線から外れてるってことだヨ。フェスタ王国は女神のお膝元だから過激な考えの奴らは少ないけどネ、外へ行けば行くほどいろんな考え方の奴と出会うことになるわけだヨ。アレット・ブラシェに絡んできた奴らのような過激な思想を持った神官とか信者も増える。番至上主義の奴らも多くいる。そういう奴らにとって、女神の決めた縁を拒否して自分で縁を掴み取ったお嬢さんは好意的に受け入れられる存在じゃないヨ。責め立てられることもあるかもだし、物理的に危害を加えてくる奴もいるかもだネ」

「……」

ネコ野郎は〝転写〟魔法を途中で止め、俺を真正面から見つめた。水色の瞳からはいつもの軽さが消え、真剣かつ真面目な意思しか感じられない。

「外の世界を見に行くって、そういう自分とは違う思想に晒されるってことだよネ。好意的なものばっかりじゃない、否定的でなおかつ悪意に満ちてる場合もある。そういうことからお嬢さんを守り抜く、その覚悟はできているかナ？　守り抜けるって証明はできるかナ？」

「俺の持てる全てを使って、レイナを守る。辛い思いをさせるつもりはない。物理的な危険からも、理不尽な言いがかりからも俺がそばにいて守るつもりだ、レイナを守るためならどんなことだってする。そういう覚悟で……」

「俺と戦ったときみたいに、獣化して我を忘れて戦うことも？」

「それがレイナを守るために必要なことならば」

「……でもそれ、お嬢さんは嬉しくないと思うヨ？　傷ついたお嬢さんを見たらキミが辛いように、キミが傷ついたらお嬢さんは辛い。違うかナ？」

「それは……」

反論できない。いくら守るためとはいっても、俺が傷つけばレイナは悲しむ。ネコ野郎と戦って大ケガを負い、その後に腕を吊った状態でレイナと会ったとき……その表情はとても悲しそうだった。そんな顔をさせたくはない。

「俺の存在が気に入らないのは分かるヨ、受け入れがたいって気持ちもネ。でもサ、お嬢さんを守るためにどんな手段も取れるっていうんなら、俺と協力するってことを考えるべきだとは思わないかナ？」

「……」

「この旅の間、お嬢さんを守るために俺を上手く使いなヨ。でもって、これを機会に今後同じ大公家の麾下同士としての信頼をお互いに築いてみる、とか……ネ？」

厨房の方からは香ばしい匂いと甘い匂いが漂ってきて、レイナの楽しそうな声も聞こえる。この楽しげに笑うレイナを守る、そのためになんでもすると俺は決めたのだ。

「そもそも獣化して戦うとなると、俺の方が強いしネ？」

「……気に食わない」

「ははは、だよネェ」

「気に食わない、が申し出は受けよう。レイナを守るために、力を借りることはきっと必要になるから。…………よろしく、ヴィクター先輩」

この先レイナを守り通すためには、自分の手だけでは足らない場面が必ずやってくる。俺自身の手で彼女を守りたい気持ちはあるけれど、その気持ちを優先してレイナを危険な目にあわせ守り切れなかったという最悪の結果は避けたい。

そういって右手を差し出すと、目の前のユキヒョウ獣人は驚いた顔をした。

「……………よろしく、ヴィクター先輩」

「キミもちょっとは割り切れたというか、大人になれた……のかネ？」

苦笑いを浮かべて手を握られる。

握手にしては必要以上に強い力で手を握られたので、同じくらい強く握り返しておく。手の骨がミシミシと嫌な音を立てたけれど、気にしない。

「よろしく、リアム後輩。俺のことはキム先輩、と呼んでいいヨ」

「……分かったよ、キム先輩」

「リアムさーん、出来ましたよー！　ちょっと、不格好だけど白鳥型のシュークリームです」

レイナの呼び声に俺はキム先輩の手を投げ捨てて、厨房のカウンターへ向かう。

「今行くよ、レイナ」

厨房カウンターの向こうにはエプロンをしたレイナがいて、俺の知らない異世界の菓子ののった皿を持っている。皿には香ばしく焼き上がった丸い形の菓子があり、その中には甘い香りのクリームが詰められて小さな羽のようなものを持つ形に切ったものがのっていた。

「これが、しゅーくりーむ？　中にクリームがたくさん入ってるんだね、可愛くて美味しそうだ」

きっとレイナはこれから訪れる先々でさまざまなことを見て聞いて知って、自分の頭で考える。

いろいろな考えを持った人と出会い、話し、影響を受けるだろう。それはレイナにとって良いことや楽しいことばかりではない……辛いことも苦しいこともあるだろう。

「本当はアレットさんが作ったのみたいな形なんですけど……」

アレット嬢の作ったしゅーくりーむとは、少々形が違っている。けれど、そんなことは気にならない。

「大丈夫、可愛くできてるよ」

この先ずっと、俺はキミを守り支える。どんな手段を使っても、キミを悲しませないようにしながら。この笑顔を守るためならば、俺はなんだってできる。

キミを番である獣人を亡くした異世界人にはさせないし、俺は異世界から来た番を死なせてしまった獣人になるつもりもない。

その立場に立つ者がどれだけ辛いか、今は分かっているから。

「食べてみて？　味は大丈夫なはずだから」

「ありがとう」

「……ねえねえ、お嬢さんが作った方は猪か子豚なのかナ？　アレット・ブラシェが作った方は白鳥だって分かるけどサ。まあ、形と味は関係ないから大丈夫だと思うけどネ」

音もなく近づいてきたキム先輩が、背後からレイナの作った菓子を見て笑う。

「違うから!!」

「え？　じゃあ……蜥蜴かナ？」

「白鳥だもん！」

「……」

「そういえばお嬢さんは革加工品店で靴の絵ならぬ、新種の芋虫の絵を描いたりしてたよネ！　これは新種の猪か蜥蜴だヨ」

「キム、あなたってホントに酷い！　意地悪！　性格悪い！」

「ふははは」

キム先輩と協力し、彼と理解し合うこと……それはレイナを守るために必要だ、と思った……からなのだけれど、俺は考え違いをしていたのだろうか？

俺はレイナを揶揄っていじめるキム先輩の足をカウンターの下で素早く、強く踏みつけた。

「……っ！」

キム先輩の腕がのしかかるように俺の肩に回される。水色の目には、うっすらと涙の膜が張っているのが見えた。足の踏みつけの強さは丁度よかったようだ。

「…………リアム後輩？　ちょっと、後でお話ししたいことがあるんだけどネ？　時間を貰いたいかナ」

「偶然にも、俺からもキム先輩に話したいことがある」

俺はレイナを守る。彼女に向けられる害あるものの全てから。

当然、彼女をいじめる身近な存在からも守り抜くのだ。

水と同じ波音を立て、アラミイヤ国行きの定期船は滑るように砂海を進む。

船から遠くに見える黄緑色に輝く女神の大樹は、オレンジ色の強い夕日に負けることなく優しい光を世界に向かって放っている。それはこの世界に暮らす全ての人たちに与えられる女神の加護であり、愛だ。

違う世界からやってきて新たな縁を得て自ら歩み始めた者にも、異世界からやってきた者との縁を結び愛し共に歩むと決めた者にも、一度は結んだ縁が断たれてしまった者にも、結んだ後に断たれた縁とはまた別の縁を新たに結ぼうとする者にも降り注ぐ。

女神からの愛は永遠に、世界中の誰にも平等に降り注ぐのだから。

ご縁がなかったということで！ ～選ばれない私は異世界を旅する～ 2

2024年2月25日　初版第一刷発行

著者　高杉なつる
発行者　山下直久
発行　株式会社KADOKAWA
〒102-8177　東京都千代田区富士見2-13-3
0570-002-301（ナビダイヤル）
印刷・製本　株式会社広済堂ネクスト
ISBN 978-4-04-683070-8 C0093

企画　株式会社フロンティアワークス
担当編集　吉田響介（株式会社フロンティアワークス）
ブックデザイン　鈴木 勉（BELL'S GRAPHICS）
デザインフォーマット　AFTERGLOW
イラスト　喜ノ崎ユオ

本シリーズは「小説家になろう」（https://syosetu.com/）初出の作品を加筆の上書籍化したものです。

ファンレター、作品のご感想をお待ちしています

宛先
〒102-0071　東京都千代田区富士見2-13-12
株式会社 KADOKAWA　MFブックス編集部気付
「高杉なつる先生」係「喜ノ崎ユオ先生」係

二次元コードまたはURLをご利用の上
右記のパスワードを入力してアンケートにご協力ください。

https://kdq.jp/mfb
パスワード
e8ahc

● PC・スマートフォンにも対応しております（一部対応していない機種もございます）。
●アンケートにご協力頂きますと、作者書き下ろしの「こぼれ話」が WEB で読めます。
●サイトにアクセスする際や、登録・メール送信時にかかる通信費はご負担ください。
● 2024 年 2 月時点の情報です。やむを得ない事情により公開を中断・終了する場合があります。

企業戦士

イラスト：とよた瑣織

異世界転生した先は、二つ名が『魔人』の武闘派貴族！

領民は0。領地はほとんど魔獣の巣。

だけど家臣の忠誠心は青天井！

彼は優秀な家臣達と、時に力を合わせ、時に力技で
困難を乗り越え、幸せな日常を送る！

※頭を空っぽにして
読むことを推奨しております。

第8回 カクヨム Web小説コンテスト 異世界ファンタジー部門
特別賞 受賞作！

MFブックス

MFブックス新シリーズ発売中!!